这本书让我眼前一亮，它把科学、文学、艺术、技术完美地结合在一起，这不就是现在倡导的跨学科学习吗？这种发现问题解决问题的创新能力的培养，也正是思维的最高水平！

——北京可持续发展教育协会互联网+跨学科专业委员会　姚峰

名著是人类文明的浓缩，每个孩子都值得读一读。如果在读名著的同时，还能学习到有趣的科学知识，这将加速一个孩子的成长，这套书也变得更有意义。

——畅销书《元宇宙》《工业元宇宙》著者，中国移动通信联合会元宇宙产业委员会创始人、秘书长　何超

名著带你遨游大千世界，科学带你思辨具体问题，二者结合启蒙祖国的花朵。

——《剧说工业互联网落地》等科普图书作者、西门子中国研究院前沿自动化研发总监　于琪

对小孩子而言，科学就像是"有味道的美食、有生命的色彩、有乐趣的玩具"，让无数的孩子着迷于探索中。让我们一起走进《当名著遇见科学》，开启"发现问题—解决问题"的探秘之旅，让科学融入童梦吧！

——北京市小学科学市级骨干教师　刘华

绿野仙踪
The Wizard of Oz

"科学"在生活中无处不在,该如何认识生活中的科学问题呢?来!让我们在这套书中领略故事主人公的睿智吧。

——湖南省株洲市茶陵县高级教师 颜渊野

第一次读到这样的书,比家里的其他名著书好玩儿多了。可以一边看故事,一边做实验。故事有趣,实验里还有那么多知识,这就是传说中的一举两得吧!

——北京市崇文小学六年级 闫厚旭

读着读着,我仿佛变成了那个勇敢善良的多萝茜,为了回到家乡,一路克服困难,一路帮助朋友。快加入我们的队伍吧,一起开启这场奇幻之旅!

——北京市西城区顺城一小三年级四班 李洛仪

绿野仙踪
The Wizard of Oz

当名著遇见科学

绿野仙踪

上篇

[美] 莱曼·弗兰克·鲍姆 著
[英] 凯蒂·迪克尔 改编
王晋 译

电子工业出版社
Publishing House of Electronics Industry
北京·BEIJING

Published in 2022 by Welbeck Children's Books
An imprint of Welbeck Children's Limited, part of Welbeck Publishing Group
Based in London and Sydney
www.welbeckpublishing.com

Text, Illustration & Design © Welbeck Children's Limited, part of Welbeck Publishing Group.

本书中文简体版专有出版权授予电子工业出版社。未经许可，不得以任何方式复制或抄袭本书的任何部分。
版权贸易合同登记号　图字：01-2022-7104

图书在版编目（CIP）数据

绿野仙踪：上下篇 /（美）莱曼·弗兰克·鲍姆著；（英）凯蒂·迪克尔改编；王晋译 . —北京：电子工业出版社，2023.5
（当名著遇见科学）
书名原文：STEAM TALES
ISBN 978-7-121-44975-8

Ⅰ．①绿… Ⅱ．①莱… ②凯… ③王… Ⅲ．①童话－美国－近代 Ⅳ．①I712.88

中国国家版本馆 CIP 数据核字（2023）第 040470 号

审图号：GS 京（2022）1401 号
本书插图系原文插图。

"企鹅"及其相关标识是企鹅兰登已经注册或尚未注册的商标 。
未经允许，不得擅用。
封底凡无企鹅防伪标识者均属未经授权之非法版本。

责任编辑：郭景瑶
文字编辑：刘　晓
印　　刷：北京利丰雅高长城印刷有限公司
装　　订：北京利丰雅高长城印刷有限公司
出版发行：电子工业出版社
　　　　　北京市海淀区万寿路 173 信箱　邮编：100036
开　　本：787×980　1/16　印张：41　字数：524.8 千字
版　　次：2023 年 5 月第 1 版
印　　次：2023 年 5 月第 1 次印刷
定　　价：239.00 元（全 8 册）

凡所购买电子工业出版社图书有缺损问题，请向购买书店调换。若书店售缺，请与本社发行部联系，联系及邮购电话：(010) 88254888，88258888。
质量投诉请发邮件至 zlts@phei.com.cn，盗版侵权举报请发邮件至 dbqq@phei.com.cn。
本书咨询联系方式：(010) 88254210，influence@phei.com.cn，微信号：yingxianglibook。

目 录
contents

第一章 龙卷风

- 什么是龙卷风? / 008
- 睡眠周期 / 010
- 制造"龙卷风" / 018
- 制作闹钟 / 020

第二章 多萝西救人

- 怎样摔倒更安全? / 026
- 锈来自哪里? / 030
- 制作稻草人 / 032
- 生锈实验 / 034

第三章 胆小的狮子

- 莫氏硬度 / 043
- 桥的设计 / 047
- 制作狮子拼贴画 / 048
- 搭建纸桥 / 050

第四章 危机四伏

- 水流 / 055
- 漂浮 / 058
- 制作木筏 / 064
- 制作装饰花 / 066

第五章 拜见魔法师奥兹

- 滤光片 / 071
- 视错觉 / 073
- 制作3D眼镜 / 080
- 画一幅让人产生错觉的图 / 082

第一章 龙卷风

龙卷风来的那天,天气沉闷而昏暗。多萝西是个孤儿,她与亨利叔叔和艾姆婶婶一起住在农场里。这个农场位于堪萨斯大草原的中部。他们的家很小,只有一个房间,因为建造房子的木材必须从很远的地方运过来。举目四望,到处干巴巴的,一片贫瘠,没有一棵树,也没有一座房子,这种景象一直延伸到地平线。

农场上的生活很艰苦。艾姆婶婶已经变得消瘦苍白,脸上很少有笑容。亨利叔叔起早贪黑地干活,几乎不说一句话。但多萝西有她的小黑狗托托。托托会给她带来快乐,让她精神抖擞。他们在一起一玩就是几个小时,她非常喜欢托托。

艾姆婶婶洗碗的时候,亨利叔叔和多萝西担忧地望着天空。他们听到北边传来低沉的风声,南边传来尖锐的呼啸声。他们看到草在摆动,形成碧浪。"快,艾姆,龙卷风要来了!"亨利叔叔边喊边跑去查看牛棚和马棚。多萝西和艾姆婶婶跑向地窖,但托托从多萝西的怀里跳了下去,躲到了床底下,多萝西设法把它拉了出来。可他们正准备打开地窖的门时,狂风呼啸,房子剧烈晃动,多萝西失去平衡,跌跌撞撞地摔在了地上。

紧接着,奇怪的事情发生了。房子旋转了两三圈,慢慢升到

什么是龙卷风?

龙卷风是在雷雨云中形成的强大旋涡现象。当潮湿温暖的空气上升,被寒冷干燥的空气取代时,空气有时会发生旋转。随着旋转的空气越来越多,空气旋转的速度也越来越快,有点像水从塞子孔中流下去。风暴的中心(风暴眼)一般是平静的。

EF-0　105~135千米/时
EF-1　136~175千米/时
EF-2　176~215千米/时
EF-3　216~265千米/时
EF-4　266~320千米/时
EF-5　320+千米/时

龙卷风用改进藤田级数(EF级数)来衡量。EF级数分为0到5级。EF-0级的时速高达135千米,可能会吹走屋顶的瓦片,而EF-5级的时速超过320千米,会造成巨大的破坏。最严重的龙卷风时速高达480千米,足以摧毁房屋,将树木连根拔起!

空中。龙卷风把房子抬了起来,像吹起一根羽毛一样把它带走了。虽然狂风在多萝西的周围可怕地吼叫着,但房子所在的风暴中心是平静的。托托疯狂地叫着,多萝西却一动不动地坐在地上,她想知道接下来会发生什么。时间一点一点地过去了,多萝西感到困意袭来。她爬到床上躺下,把托托放在身边。虽然房子在摇晃,风在呼啸,但她很快就睡着了。

多萝西是被突如其来的剧烈震动惊醒的。她发现房子不动了,明媚的阳光透过窗户照射进来。她跑去把门打开,眼前的美景让她不禁惊叫起来。龙卷风把房子轻轻地放在了一片美丽的土地中央。这里有繁茂的草地和果树,岸边开满了鲜花,五颜六色的鸟儿拍动着翅膀,四处飞翔。多萝西被附近一条汩汩流淌的小溪迷住了,她以前可是一直生活在干巴巴、灰蒙蒙的大草原上啊。

龙卷风

多萝西的房子被强大的龙卷风卷走了。她住在美国中部的堪萨斯州,这一带被称为"龙卷风走廊"。

你能不能通过移动空气和水来制造一场"龙卷风"?把书翻到第18页,看看旋涡是如何形成并越转越快的吧。

知识园地

睡眠周期

当多萝西的房子因为龙卷风的缘故在空中飘荡时,多萝西睡得很沉。直到房子再次落到地面,她才被剧烈的震动惊醒。

人们正常的睡眠分两个时期——非快速眼动睡眠期(NREM)和快速眼动睡眠期(REM)。NREM和REM交替出现,每交替一次就称为一个睡眠周期。一个夜晚通常会有4~5个睡眠周期,每个周期大约持续90~110分钟。

刚开始时,我们会经历入睡期、浅睡期和熟睡期。之后我们会进入深睡期。这几个阶段的睡眠中均不出现眼球快速跳动现象,故被统称为"非快速眼动睡眠期"。接着,我们会进入一个类似于浅睡期的阶段,被称作"快速眼动睡眠期"。

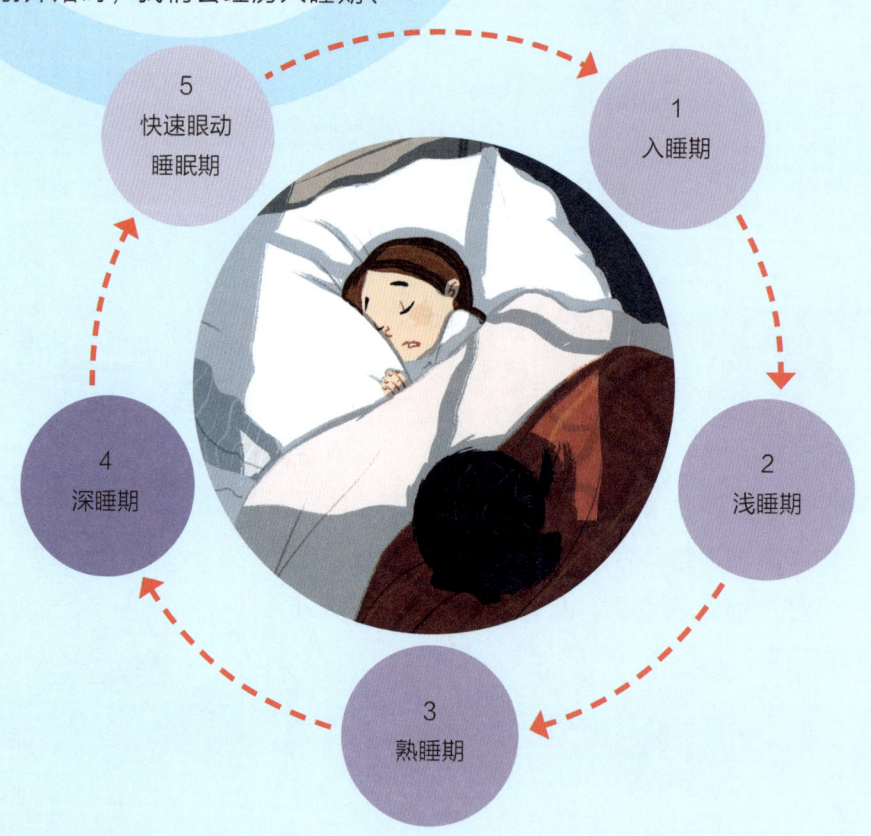

1 入睡期
2 浅睡期
3 熟睡期
4 深睡期
5 快速眼动睡眠期

这时，有一小群人朝多萝西走来，他们中间有一个穿白衣服的女人和三个穿蓝衣服的男人。这些人和多萝西差不多高，但看起来却比她要年长很多。他们都戴着尖顶帽子，帽子上挂着铃铛。那个女人穿着长裙，上面点缀着闪闪发光的星星。她向多萝西鞠了一躬，用甜美的声音说道：“最尊贵的女魔法师，欢迎你来到芒奇金人的国度。谢谢你杀死了邪恶的东方女巫，让我们的人民获得了自由。”

多萝西简直不敢相信自己的耳朵，"你人真好，但这中间肯定有什么误会，我从来没有杀过任何东西啊！"

"那么就是你的房子干的。"女人笑着回答。多萝西看到房子的梁木下面伸出了两只脚，脚上还穿着银鞋子，"哦，天哪！哦，天哪！我们该怎么办呢？"

"什么都不用做。"女人平静地说，"她是邪恶的东方女巫，芒奇金人已经被她奴役很多年了。"

"你是芒奇金人吗？"多萝西问道。

"不是，但我是他们的朋友。我是北方女巫。奥兹国共有四位女巫，北方女巫和南方女巫都是善良的女巫。现在东方女巫死了，我们害怕的只有邪恶的西方女巫了。"

北方女巫讲述了同样生活在奥兹国的男巫们。"奥兹本身就是一个伟大的男巫，"她说，"他比我们所有巫师加起来还要厉害。他住在绿宝石城里。"

多萝西刚要发问，站在一旁的芒奇金人就发出一声大叫。他们指着房子的角落，原来那个已经死去的女巫的脚已经完全消失了，只剩下了两只银鞋子。

"她太老了，"北方女巫解释说，"很快就被太阳晒干了。不过，这双银鞋子归你了。"芒奇金人告诉多萝西，这双鞋拥有魔法，但具体是什么，他们也不清楚。

"你们能帮我找到回家的路吗？"多萝西问道。她急着回家，因为叔叔婶婶肯定在找她呢。

芒奇金人和女巫对视了一下，摇了摇头。他们解释说，奥兹国四周被广袤的沙漠包围着。"亲爱的，恐怕你回不了家，只能和我们一起生活了。"北方女巫轻柔地说道。听了她的话，多萝西小声哭了起来，她感到非常孤单。

北方女巫摘下帽子，将帽子的尖顶放在鼻尖上，然后数了三个数。帽子立刻变成了一块石板，上面刻着几个字："多萝西必须前往绿宝石城。"

"亲爱的，你叫多萝西？那你必须去绿宝石城，也许奥兹会帮助你。你要走很远的路，但我会用我所知道的所有魔法来保护你，使你不受伤害。我会把我的吻送给你，没有人敢伤害被北方女巫吻过的人。"她吻了一下多萝西的额头，多萝西的额头上面留下了一个闪亮的圆形印记。

"通往绿宝石城的路是用黄砖铺成的，"北方女巫继续说道，"所以你是不会走错路的。再见了，亲爱的。"她用左脚跟转了三圈，便消失不见了。那三个芒奇金人向多萝西鞠了一躬，朝树林中走去。

现在，就剩下多萝西一个人了。她洗了洗脸，换上了她唯一干净的衣服。那是一件蓝白相间的格子裙，就挂在床边。她决定穿上那双银鞋子，她惊奇地发现鞋子大小刚好合适。

多萝西装了一篮子面包,然后对托托说:"走吧,托托。咱们要去绿宝石城,问问伟大的奥兹怎么才能回家。"她把门锁上,小心地把钥匙放进口袋里。

多萝西很快就找到了那条黄砖路。太阳发出金灿灿的光芒,鸟儿唱着甜美的歌儿,多萝西的心情变得好极了。周围的景色是那么的迷人,路边围着蓝色的栅栏,田地里种满了谷物和蔬菜。她每经过一栋房子,里面的芒奇金人就会出来向她鞠躬致意,因为他们知道是她消灭了邪恶的女巫,把他们从奴役中解放了出来。每栋房子都是圆的,上面是一个大圆屋顶,被统一漆成了蓝色。这里是东方之国,蓝色是人们最喜欢的颜色。

天一点点黑了,多萝西心想,晚上去哪里过夜呢?她走过一

起床了

多萝西吃完早饭，开启了前往绿宝石城的旅程。有时候，早起很难做到，尤其是长途跋涉之后！

也许闹钟能帮上多萝西的忙。把书翻到第20页，看看如何制作一个简单的闹钟，叫你起床吧。

座大房子，里面的人正在花园里庆祝。他们热情地和多萝西打招呼，邀请她共进晚餐，共同度过这个夜晚。这是博奇的家，他是这片土地上最富有的芒奇金人。他正和朋友们一起庆祝摆脱邪恶女巫的奴役。"你一定是位了不起的女魔法师，看看你的银鞋子和带有白色的裙子。"博奇说，"只有女巫和女魔法师才穿白衣服。"

"我的裙子是蓝白相间的。"多萝西回答。

"你穿这件衣服，真是太好了。"博奇说，"蓝色是芒奇金人钟爱的颜色，而白色是女巫的颜色，所以我们知道，你一定是个友好的女巫。"

多萝西不知道该怎么回答，因为每个人似乎都觉得她是一个女巫，而实际上她只是个小女孩。

那天晚上，多萝西睡得很香，托托趴在她身边的蓝色地毯上。第二天早上，他们吃过丰盛的早餐，就准备上路了。"绿宝石城离这儿有多远啊？"她问博奇。

"我不知道，"博奇严肃地说，"我从来没去过那里。不过我知道一点，你要走很多天。我们国家的生活富饶而快乐，但你必须经过崎岖危险的地方才能到达旅途的终点。"

他的话让多萝西不免有些担心，但她知道，只有伟大的奥兹才能帮助她找到回家的路，所以她鼓足勇气，下定决心绝不回头。

 动手做一做

制造"龙卷风"

多萝西的房子被一场强劲的龙卷风吹走了。你能不能制造一场简易版的龙卷风,看它如何旋转起来?

准备材料

- 两个2升的空瓶子
- 水
- 洗洁精
- 管道胶带或连接器

在一个瓶子里装2/3的水,加入一些洗洁精。

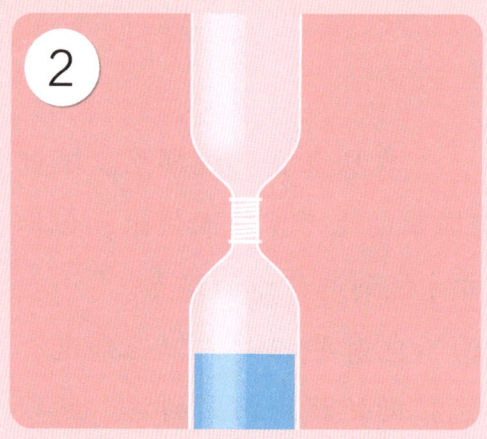

将空瓶子倒立放在装了水的瓶子的上面,两个瓶子的瓶口对齐。

用管道胶带或连接器将两个瓶子牢牢地粘在一起,确保不会漏水。

科学

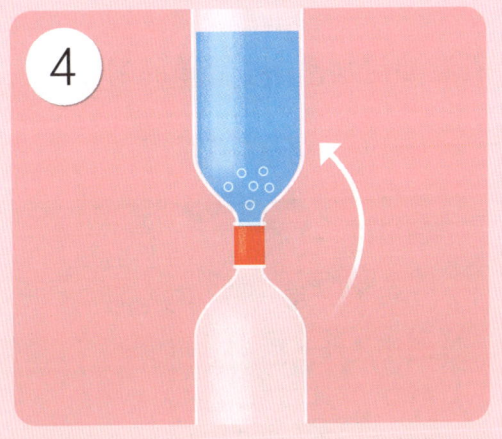

把瓶子倒转过来，让装了水的瓶子在上面。你会发现什么？

以打圈的方式快速旋转装了水的瓶子。这时你会看到什么？

观察气泡是如何替代水的，旋涡又是怎么产生的吧。

 **原理**

当你把两个瓶子倒转过来时，下面瓶子里的空气会阻止上面瓶子中的水流下来。当你旋转瓶子时，空气向上移动，水会立刻"占据"空气的位置，这有点像雷雨云形成时的冷暖空气。随着水和空气的相互移动，旋涡就会形成，像龙卷风一样。龙卷风还会随着旋涡变窄而加快移动的速度。

019

动手做一做

制作闹钟

多萝西想早早出发去绿宝石城。看看如何制作一个简单的闹钟,在你想要保持清醒的时候赶走瞌睡虫吧!

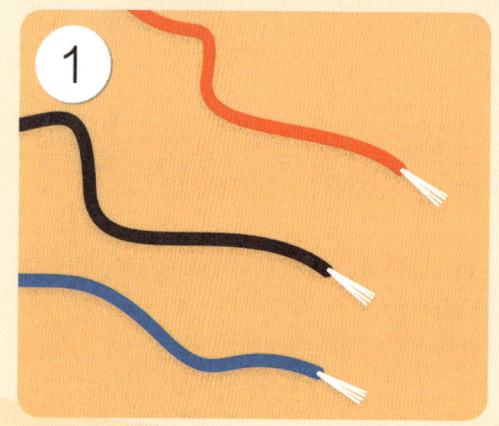

准备材料

- 3根电线(每根15厘米长)
- 剪刀
- 剥线钳
- 胶带
- 方形纸板
- 5号电池,带电池座
- 蜂鸣器
- 银箔
- 小硬纸板

请大人用剥线钳帮你把电线一头的塑料剥下来。

用胶带将电池、蜂鸣器和一小块银箔固定在一块方形纸板上。

用一根电线将蜂鸣器与电池的一端连接起来,再用一根电线将蜂鸣器与银箔连接起来。将剩下一根电线的一端与电池的另一端连接起来,而电线的另一端什么也不连。

技术

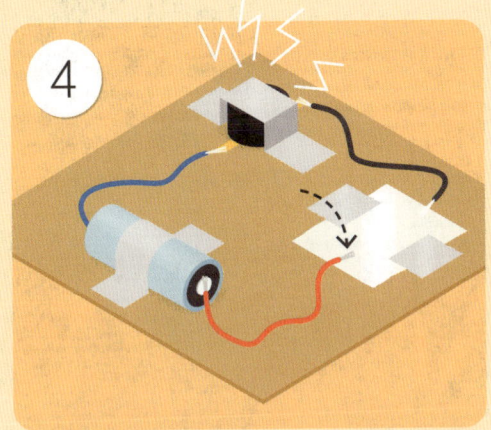

将电线空闲的一端压在银箔上,测试一下蜂鸣器。这时,蜂鸣器应该会发出声音。检查一下每根电线,看看是否存在松动的情况。

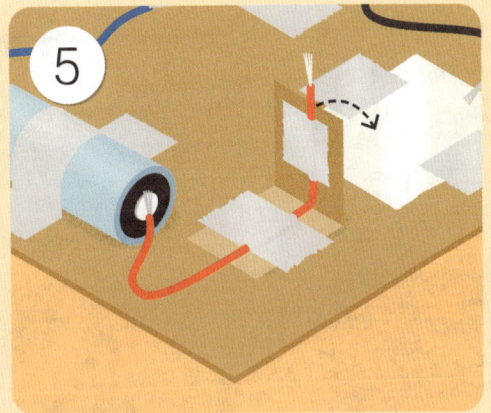

将电线空闲的一端稍微向上弯曲。用胶带将一小块硬纸板贴在电线旁边,作为铰链——当铰链被压下去时,蜂鸣器就会发出声音。

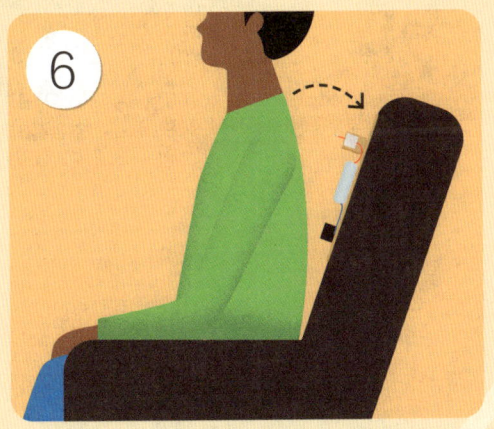

坐在椅子或沙发上,将你做好的电路固定在椅子的靠背上。当你倚在电路上时,蜂鸣器就会响起。这下,你就能知道自己是否在打瞌睡了!

原理

银箔可以导电,可当作电路的简单开关。当你靠在椅背上时,纸板做成的铰链会被压下去,同时把电线带到银箔处,从而使蜂鸣器发出声音。当你坐直的时候,你可能很清醒,但如果你懒洋洋地开始打瞌睡,那么蜂鸣器就会把你叫醒!

第二章 多萝西救人

多萝西继续沿着黄砖路向前走着。走了几英里（一英里约为一千六百米）之后，她停下来打算休息一会儿。她爬到旁边的栅栏上，看到前方是一大片玉米地，有一个稻草人被高高地架在一根杆子上，以防止小鸟来啄食玉米。稻草人的脑袋是用一个塞满稻草的小口袋做成的，上面画了嘴、鼻子和眼睛。他戴了一顶破旧的尖顶蓝帽子，穿着一件蓝衣服，里面也塞满了稻草。

多萝西正若有所思地打量着稻草人，似乎看到稻草人在向她眨眼睛，接着还向她点了点头！多萝西从栅栏上爬下来，向稻草人走去，托托绕着杆子跑来跑去，汪汪直叫。

"日安。"稻草人用沙哑的声音说。

"你会说话？"多萝西惊奇地问道。

"当然啦！"稻草人说，"你好吗？"

"我很好，谢谢！"多萝西礼貌地回答，"你呢？"

"我不太好，"稻草人笑着说，"一天到晚立在这里，吓走乌鸦，真是太乏味了。"

"你不能下来吗？"多萝西问。

"不能，这根杆子戳在我的后背上。如果你能把它拿开，我会感激不尽的。"

多萝西小心翼翼地把稻草人从杆子上拿了下来。

"谢谢你,我觉得自己仿佛是个新人了。你是谁?"稻草人问,"你要去哪里?"

"我是多萝西。我要去绿宝石城,请伟大的奥兹把我送回堪萨斯。"

"绿宝石城在哪儿?"稻草人问,"奥兹是谁?"

"你不知道吗?"多萝西吃惊地问。

"不知道,我什么都不知道。你看,我是用稻草做的,所以根本没有脑。"稻草人伤心地回答。

"哦,我真为你感到难过。"多萝西说。

"你说,如果我去绿宝石城,奥兹会给我一些脑吗?"稻草人问。

"这可说不好。不过,如果你愿意的话,可以和我一起去。就算奥兹不能给你脑,你也不会比现在更糟。"

"说得没错,"稻草人说,"我不介意身体是用稻草做的,因为这样我感觉不到疼痛。可我不希望别人叫我傻瓜。"

 稻草人

稻草人的打扮看上去像个人,但他是用稻草做成的。他高高地站在玉米地里,能把鸟儿吓跑。

把书翻到第32页,自己动手做个稻草人。你喜欢怎么装饰,就怎么装饰吧。

"我理解你的感受，"多萝西说，"如果你和我一起去，我会请奥兹尽可能帮助你。"于是，他们一起踏上了黄砖路。

一开始，托托对稻草人充满了怀疑。"别理托托，"多萝西对她的新朋友说，"它从不咬人。"

"哦，我并不担心，"稻草人回答，"它伤害不了稻草。请让我为你提篮子吧，因为我从来不会觉得累！其实，在这个世界上我只怕一样东西，那就是点燃的火柴。"

他们走了几个小时，道路开始变得崎岖不平。稻草人总是被绊倒，但并不会受伤。路边的房子和果树越来越少，他们越往前走，越觉得凄凉。中午时分，他们在一条小溪边休息。多萝西给了稻草人一些面包，但他说他从来不会饿。

稻草人等多萝西吃完面包后说："给我说说你和你的家乡吧。"于是，多萝西给他介绍了堪萨斯的情况，说那里的一切都灰突突的，还给他讲了龙卷风是怎么把她带到这个奇特的国家的。

知识园地

怎样摔倒更安全？

稻草人摔倒时不会伤到自己，因为他没有感觉疼痛的神经，没有会被拉伤的肌肉，也没有会骨折的四肢。

我们每个人都有摔倒的时候，但我们可以想办法让自己摔倒时尽可能安全一些。关键要做到放松。不要紧绷身体，试着放松并弯曲肘部和膝盖，以减小冲击力。摔倒时打滚也是个好办法，可以将冲击力分散到身体的其他部分。如果你向前跌倒，就把头转向一边，保护好脸和鼻子。如果你向后跌倒，就把下巴收一收，以免头部撞到地面。摔倒时，尽量用屁股或大腿着地，而不要用四肢着地，这样你扭伤或摔断骨头的概率就会减小。你可能会有瘀伤，但很快就会康复！

放松手臂，减小冲击力

转身，保护头和脸

翻滚时，可以将掌心冲下，让自己停下来

"我不明白你为什么想要离开这个美丽的国家，回到你说的那个干巴巴、灰突突的堪萨斯。"稻草人说。

"那是因为你没有脑。"多萝西回答，"不管我的家乡有多灰暗，我的家人住在那里，没有什么地方可以和家乡相比。"

稻草人叹了口气说："当然了，我是没有办法理解的。"

"既然我们在休息，你不如给我讲个故事吧。"

稻草人一脸悲伤地说："我是前天才被做好的。我记得农夫先给我画了耳朵，然后又画了眼睛。他离开的时候，我想跟上去，但我的脚够不到地面。没有什么东西可想，那种生活可真是孤独啊。每当鸟儿被吓走时，我就觉得自己是个重要的人。后来，一只老乌鸦没有上当，大胆地吃掉了它想吃的玉米，其他鸟儿也跟着吃起来。我觉得自己不是一个称职的稻草人，但那只老乌鸦说只要我有了脑，我就会成为一个好人，肯定不比别人差。"

多萝西和稻草人又上路了。这时，路边已经没有了栅栏，地面凹凸不平。傍晚时分，他们来到一片大森林里，树

挨得很近，树枝在黄砖路上方交织在一起。树下几乎一点光也没有，但他们并没有停下脚步。

一小时后，光线更暗了，他们摸黑蹒跚而行。多萝西什么都看不见，好在托托和稻草人在前面带路。"如果你看到可以过夜的地方，一定要告诉我，"多萝西说，"在黑暗中赶路是很不舒服的！"

不一会儿，稻草人停了下来。"在我们右边有一个小木屋，"他说，"咱们进去吧。"

稻草人领着多萝西进了小木屋，里面有一张铺着干树叶的床。多萝西和托托立刻躺了上去，很快就进入了梦乡。稻草人从来不会觉得累，他耐心地等待着，直到天亮。

多萝西醒来的时候，太阳透过树枝洒落下来，托托已经出去赶松鼠玩了。稻草人依然站在角落里耐心地等待着。多萝西说："我们必须找点水，洗洗脸，再喝上一点。"

他们离开小木屋，穿过树林，最后找到了一条小溪。多萝西喝了些水，洗了把脸，开始吃早餐。正当他们准备

再次踏上黄砖路的时候，多萝西听到附近传来一声低沉的呻吟，把她吓了一跳。

"那是什么声音？"她胆怯地问。

接着，又传来一声呻吟。这个声音似乎从他们的身后传来。他们转身往回走了几步，看到有个东西在阳光下闪闪发光。有一棵大树被砍断了，旁边站着一个完全由铁皮做成的人。他手里举着一把斧头，站在那里一动不动。

多萝西和稻草人惊奇地看着铁皮人，托托朝他汪汪直叫。

"刚才是你在呻吟吗？"多萝西问。

"是啊，"铁皮人回答，"我已经呻吟一年多的时间了，一直没有人来帮我。"

"我能为你做些什么呢？"多萝西轻声问道。

"你能把油罐拿来，给我的关节上上油吗？"他说，"它们全都锈死了，我一点儿都动弹不了。你可以在我的小木屋里找到油罐。"

生锈反应

铁皮人必须小心，不能沾到水，否则他就动不了了。如果碰到咸咸的眼泪，情况会更加糟糕。

水、盐和金属为什么会产生这种破坏力？把书翻到第34页，自己做一些生锈实验，看看金属腐蚀的条件有哪些吧。

知识园地

锈来自哪里？

金属（如铁）与水和氧气结合时，会形成锈，这一过程也被称为"氧化反应"。

举个例子，铁暴露在潮湿的空气中时，会形成氧化铁（铁锈）。金属持续氧化，相当于遭受腐蚀，最终金属会被破坏。你可能会注意到，汽车漆面磨损的地方会生锈。

油漆是一种很好的防锈剂，因为它会使金属与空气（氧气）隔绝。盐水的腐蚀速度是淡水的5倍。如果你住在海边，你会发现周围有更多生锈的地方。

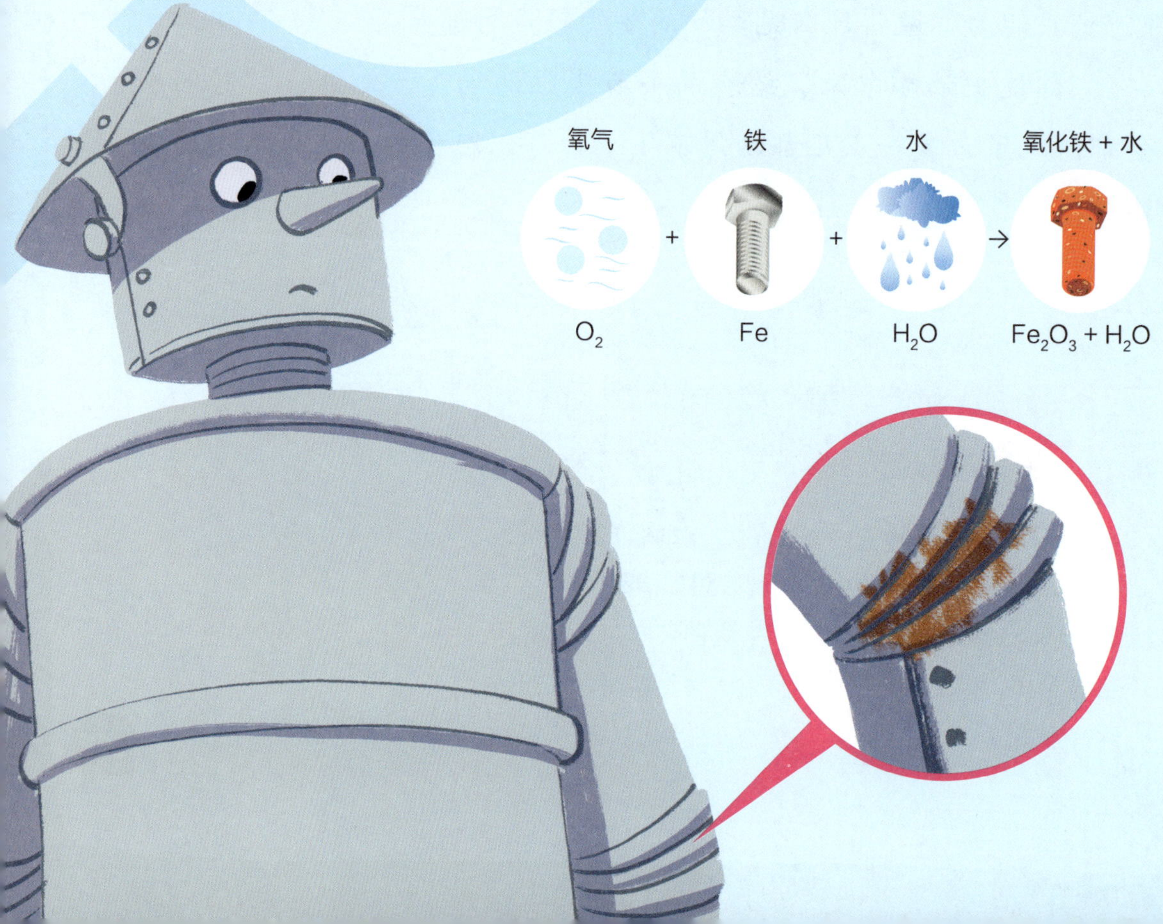

氧气 + 铁 + 水 → 氧化铁 + 水

O_2 + Fe + H_2O → $Fe_2O_3 + H_2O$

多萝西马上跑回小木屋，把油罐拿了过来。"你的关节在哪里呀？"她焦急地问。

"先给我的脖子上点油。"铁皮人回答。他的脖子锈得相当严重，所以在多萝西给它上油的时候，稻草人轻轻地帮他转动头，直到头能够活动自如。

"再给我的胳膊上点油。"他说。胳膊上过油后，铁皮人松了一口气，放下了手中的斧头。他把斧头靠在树上，说："如果你们能给我的腿上点油，我就会立刻恢复如初。"之后，铁皮人不停地感谢他们，看起来是个非常讲礼貌的人。

"如果不是遇到你们，我可能会永远站在那里。"他说，"所以说，我的命是你们救的。你们为什么会来这儿呢？"

"我们打算去绿宝石城见奥兹。"多萝西说。

"你们为什么想见奥兹呢？"

"我想让他把我送回堪萨斯，稻草人想要一些脑。"多萝西回答。

铁皮人深思了一会儿说："你们觉得奥兹会给我一颗心吗？"

"我想会的，"多萝西说，"就像他能给稻草人脑一样。"

"那么，如果你们允许的话，请让我加入你们吧，我也想请奥兹帮助我。"

"走吧。"稻草人和多萝西热情地说。他们把油罐放在多萝西的篮子里，以防铁皮人被雨淋到而生锈。他们三人穿过森林，再次踏上了黄砖路。

动手做一做

制作稻草人

稻草人的衣服里面填充的是稻草，他站在玉米地里的一根杆子上。自己动手做一个稻草人，把小鸟吓跑吧。

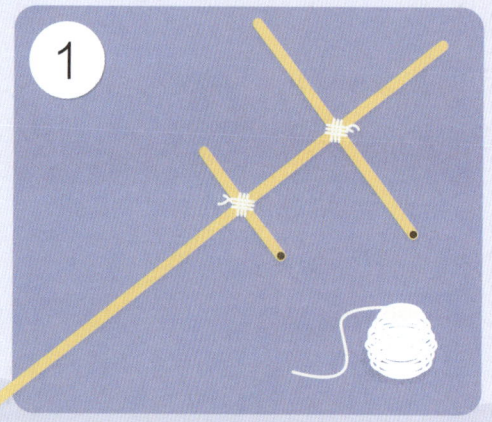

准备材料

- 3根棍子或竹杖（分别长约2米、1米和40厘米）
- 旧衣物（如长裤、衬衫和帽子）
- 一条旧的连裤袜
- 绳子
- 剪刀
- 颜料
- 稻草或树叶
- 画笔

1. 如图所示，将两根较长的棍子交叉绑在一起，形成十字，作为身体和手臂。将剩下的一根短棍子横着绑在当作手臂的那根棍子下方。

2. 从连裤袜上剪下一条腿，用稻草填满，填得紧实些，做出头部的形状，下端用绳子系好。

3. 在稻草人的头上画上眼睛、鼻子和嘴巴。如果你喜欢的话，还可以画上耳朵和胡须。

工程

将头绑在木棍的顶端。你可以把棍子插在头里面,这样会更加牢固。

将旧衬衫穿在上面那根横着的木棍上,扣上纽扣。把旧长裤套在下面那根横着的木棍上。衣服里面填上稻草,用绳子绑住两端加以固定。

在帽子里放一些稻草,戴在稻草人的头上。帽檐处露出一些稻草,当作头发。把做好的稻草人放在外面,看看能不能把小鸟吓走。

原理

几百年来,农民一直用稻草人吓走田里的鸟儿。起初,农民自己赶走前来觅食的鸟儿,很快他们就想出了用稻草人来代替的主意。有些农民会在稻草人的胳膊上绑一些金属物品,金属物品发出的声音也可以起到吓唬鸟儿的作用。还有人会在稻草人身上挂一张光盘,利用反射的强光把鸟儿吓跑。

动手做一做

生锈实验

铁皮人必须小心自己的眼泪,免得因此而生锈。看看氧气和水是如何导致金属生锈的,而盐又是如何雪上加霜的吧。

准备材料

- 5个烧杯
- 5个铁钉
- 笔
- 记事本
- 便利贴
- 水
- 盐
- 醋
- 食用油

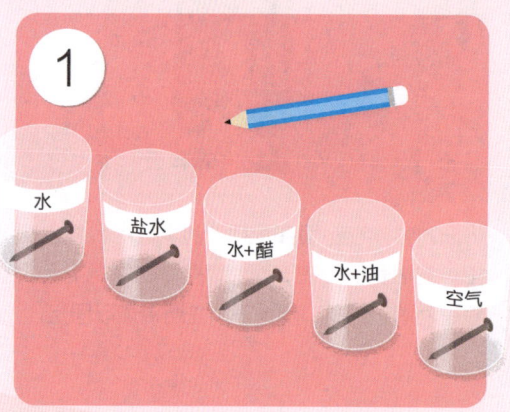

1 在每个烧杯中平放一个铁钉,分别给杯子贴上标签:水、盐水、水+醋、水+油、空气。

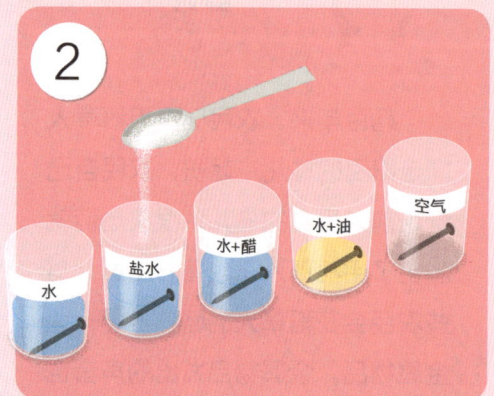

2 向前4个烧杯中分别注入以下液体:100毫升水、100毫升水加1茶匙盐、100毫升水加1茶匙醋、1茶匙食用油。第5个烧杯里什么都不放。

3 在装有食用油的烧杯中加入100毫升的水,你会有什么发现?

科学

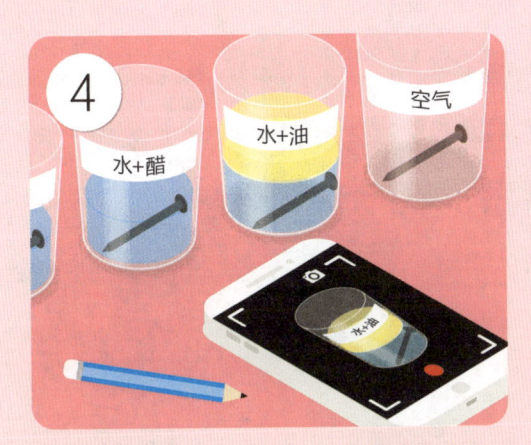

4 每天检查烧杯中铁钉的情况，记录观察结果。你可以用拍照的形式记录自己的发现。

5 做好3周的记录。随着时间的推移，你会发现什么变化？

6 写下实验结论，哪个烧杯中的铁钉产生的锈最多？哪个产生的锈最少？

原理

你会发现，水中的铁钉会很快生锈。当水中加入盐时，反应速度会更快。加了醋的水也会腐蚀铁钉，但只能看到一点铁锈。装有食用油的烧杯里不会出现铁锈。这是因为油和水不会混合在一起，油在铁钉表面形成了一层保护屏障，使氧气远离了铁钉。如果空气很潮湿，那么装有空气的烧杯中的铁钉上可能也会出现一些铁锈。

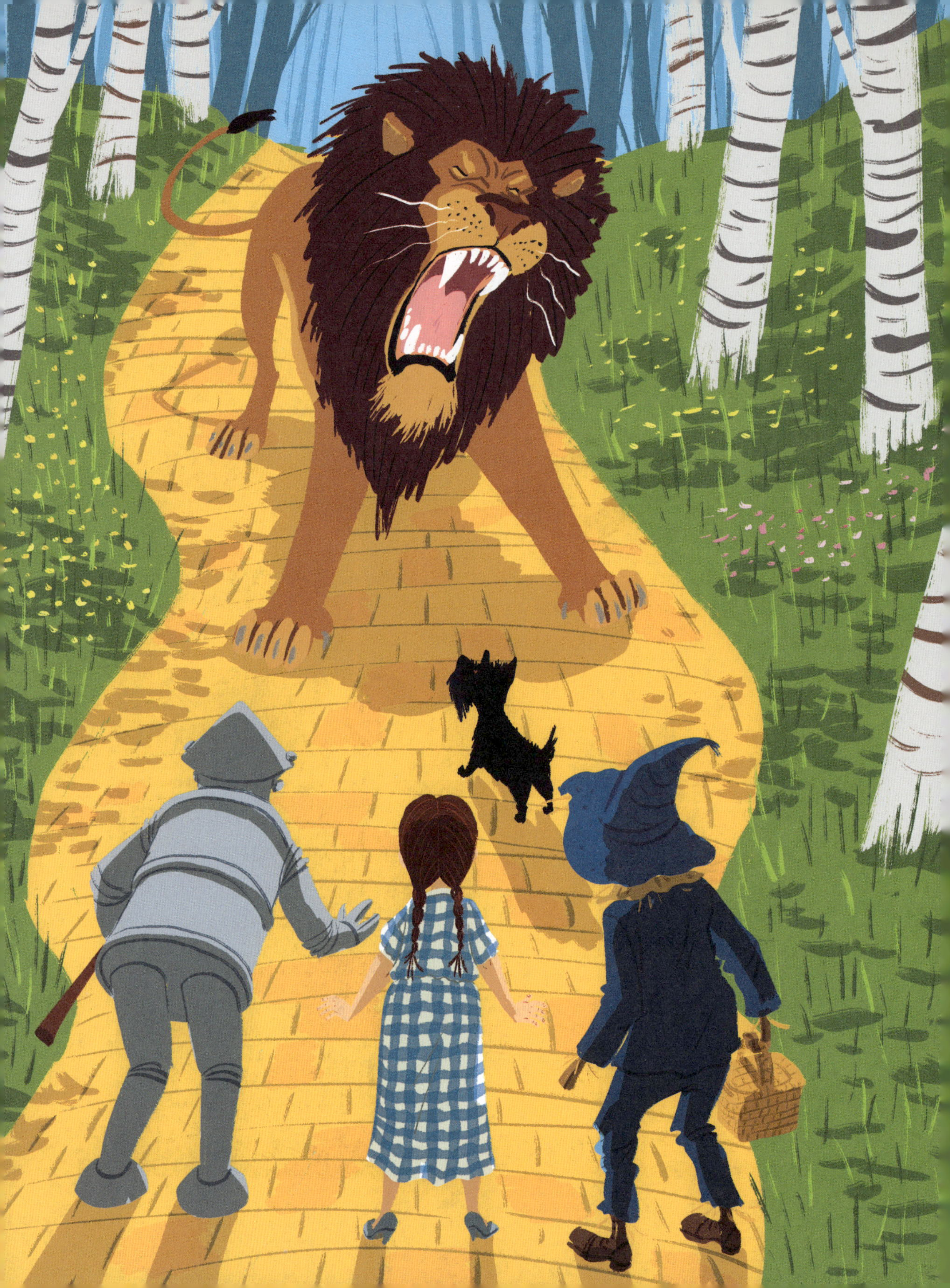

第三章 胆小的狮子

他们上路没多久,就来到了一处树木繁茂的地方,树枝挡住了去路,铁皮人不得不用斧头开辟道路。稻草人一脚踩在一个坑里,被绊倒了。"你为什么不绕开走呢?"铁皮人问。

"我不知道如何避开这些坑,"稻草人回答,"我的脑袋里全是稻草,所以我才想请奥兹给我一些脑。"

"脑并非世界上最好的东西。"铁皮人说。

"你有脑吗?"稻草人问。

"没有,我的脑袋里空空的。"铁皮人回答,"不过,我以前有过脑,还有过心呢。在试过这两种东西之后,我更愿意有一颗心。"

"为什么呢?"稻草人问。

"我给你讲讲我的故事吧。"铁皮人继续说道,"我的父亲是一个伐木工。我长大以后,也成了伐木工。父母去世后,我觉得自己应该成家立业,而不是一个人独自生活。

"有一个美丽的芒奇金女孩,我全心全意地爱着她。她和一位老妇人住在一起,那个老妇人不希望她嫁给我——她很懒,希望女孩留在她身边,给她做饭,打扫卫生。

"老妇人答应邪恶的东方女巫,如果女巫能阻止这场婚姻,老妇人就会给她两只羊和一头奶牛。东方女巫给我的斧头施了魔法，在我砍树的时候，斧头滑落下来，砍断了我的左腿。我请铁匠给我做了一条铁腿。当我又开始砍树时，斧头又砍掉了我的右腿。如此循环往复，每当我把身体的某个部分换成铁皮做的，斧头就会砍掉身体的另一部分。

"当铁匠给我换上铁皮做的头时，我以为自己已经打败了邪恶的东方女巫。我卖力干活，开始建造我们的第一个房子。可女巫想了一个新的方法，扼杀了我对女孩的爱——这次，斧头直接把我的身体一劈两半。铁匠用铁皮给我做了一个身体，但我没有了心，所以失去了对芒奇金女孩的爱，也不在乎能不能和她结婚了。

"这时，斧头打不打滑已经不重要了，因为它伤不到我了。唯一的危险是关节生锈，所以我准备了一个油罐。有一天，我忘了随身带着油罐，被大雨给淋了，结果我的关节生锈，不能动了。我在那儿站了整整一年，我终于想明白了，我最大的损失就是失去了心。恋爱的时候，我是世界上最幸福的人。我希望奥兹能给我一颗心，这样我就能回到芒奇金女孩的身边，和她结婚。"

他们一直在茂密的树林中穿行。黄砖路上面铺满了干枯的树枝和树叶，十分难走。有几只鸟在鸣唱，但时不时可以听到附近传来低沉的咆哮声。多萝西的心怦怦直跳。

"还要多久才能走出这片树林呢？"多萝西问。

"不知道，"铁皮人回答，"因为我从来没有去过绿宝石城。我父亲去过一次，他说那里很遥远，一路上十分危险。但

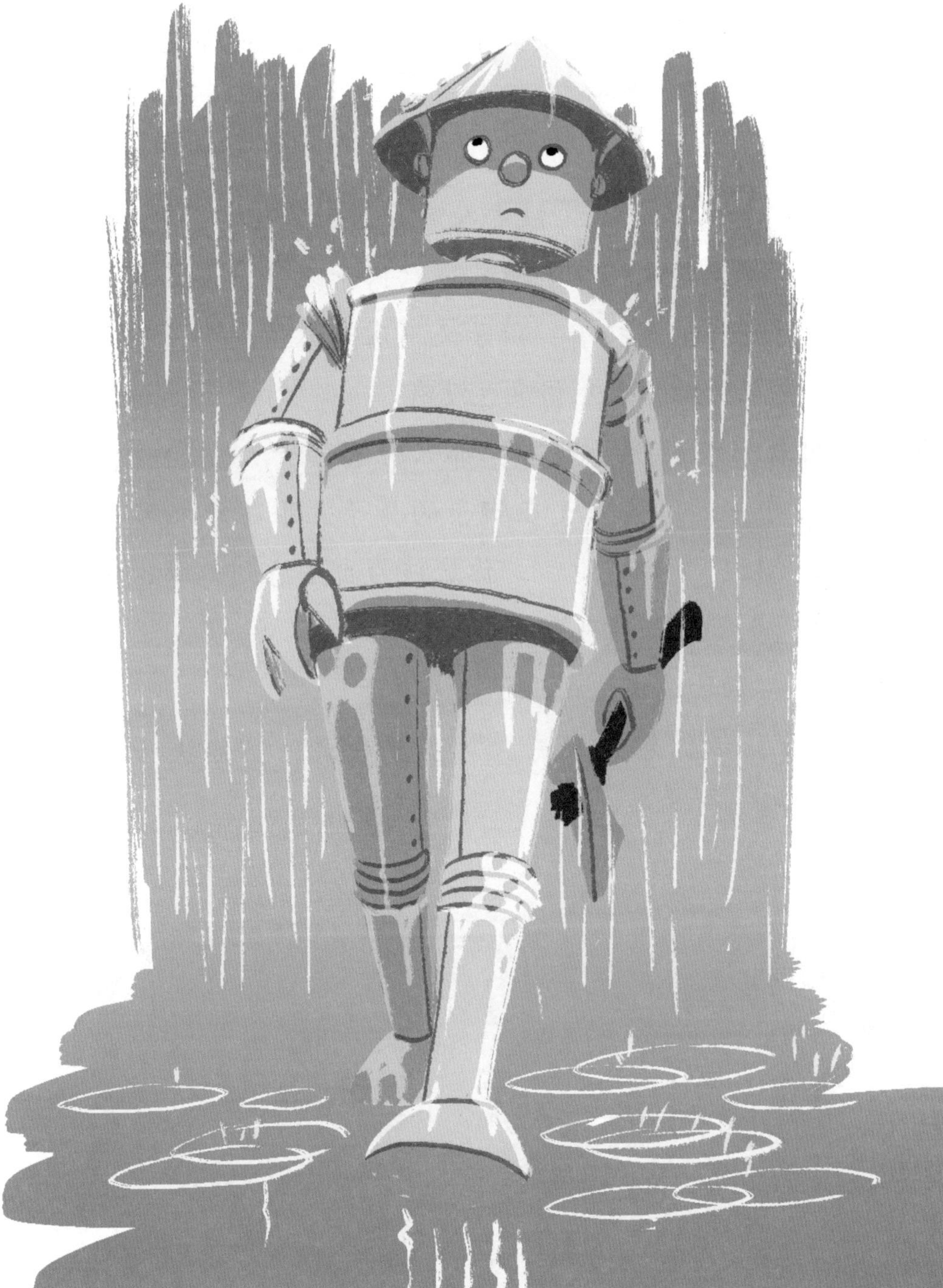

是，我们没什么可怕的。没有什么东西可以伤害稻草人。我带着油罐，也没什么可担心的。你额头上有北方女巫吻过的印记，它会保护你不受伤害。"

"可托托怎么办呢？"多萝西焦急地问。

"必须由我们来保护它了。"铁皮人回答。

就在这时，树林里传来一声吼叫。一只狮子跳了出来，它一爪子就把稻草人打翻在地。接着，狮子又用爪子抓铁皮人，但令它惊讶的是，铁皮人身上一点儿伤痕也没有。

托托一边叫着一边朝狮子跑去，那只野兽张开大嘴要咬托托。多萝西冲上前去，用尽力气在狮子的鼻子上狠狠地拍了一下。"你竟敢咬托托！"她喊道，"你应该为自己感到羞耻，像你这样大的野兽，竟然咬一只可怜的小狗！"

"我没咬它。"狮子边说边用爪子揉着鼻子。

"你是没咬着，但你想咬来着。"多萝西说，"你块头很大，但胆子却小得很。"

百兽之王

狮子非常强壮，被称为"百兽之王"，难怪故事里的狮子不敢承认自己缺乏勇气。

你能做一幅狮子拼贴画，展现出它的最佳品质吗？把书翻到第48页，看看怎么做吧。

041

"我的确胆子很小，"狮子羞愧地说，"但我有什么办法呢？"

"这我可不知道。"多萝西继续说道，"可想想吧，你竟然打一个可怜的稻草人！"

"他是稻草人？"狮子惊讶地问。

"当然是啦。"多萝西还在气头上。

"我说他怎么这么容易被打倒。"狮子说，"另外一个也是稻草人吗？"

"他不是，"多萝西说，"他是用铁皮做成的。"

"我说他怎么能差点把我的爪子磨平呢。"狮子说，"那你喜欢的那个小动物呢？它是用铁皮做的，还是用稻草做的？"

"都不是，它是只小狗。"多萝西说。

"哦！除了像我这样的胆小鬼，没有人会想咬这么一个小家伙。"狮子悲伤地说。

"你为什么会这么胆小？"多萝西看着眼前这只庞大的野兽问道。

"这是个谜，"狮子回答，"我想我生来就是这样的。其他动物都以为我很勇敢。我发现只要我大吼一声，所有动物都会害怕地逃走。"

"可百兽之王不应该是个胆小鬼。"稻草人说。

"我知道，"狮子回答，"这是我最大的遗憾，让我很不开心。"

大家分别讲述了自己为什么要去绿宝石城拜访伟大的奥兹。

"你觉得奥兹能给我勇气吗？"胆小鬼狮子问道。

莫氏硬度

狮子试图用爪子抓伤铁皮人,但铁皮很硬,它没有得逞。硬度是一种特性,用来描述某种材料抗弯曲、抗划伤或抗挤压的能力。

科学家使用不同的标准来衡量材料的硬度。金属的硬度通常用维氏硬度来衡量,而矿物的硬度则用莫氏硬度来衡量。自然界最硬的材料是钻石。因此,钻石在工业上被广泛用于切割或研磨其他坚硬的表面。

硬度	材料
1	滑石
2	石膏
	指甲
3	方解石
	铜币
4	萤石
5	磷灰石
	刀/玻璃
6	长石
	钢
7	石英
8	黄玉
9	刚玉
10	钻石

硬度逐渐增加

"没有理由不给啊。"多萝西说。

"那么,如果你们不介意的话,我想和你们一起去。"狮子说,"因为没有勇气,我的生活简直令我无法忍受。"

"我们十分欢迎你,"多萝西回答,"你可以把其他野兽赶走。在我看来,如果它们这么容易被你吓跑,它们一定比你还胆小呢。"

当晚,他们在树林里的一棵大树下过夜。第二天太阳一出来,他们就又出发了。他们刚走一个小时,就碰到一条深沟,挡住了他们的去路。深沟将树林分隔开来。沟壁十分陡峭,沟底有参差不齐的大块岩石。

"我们怎么办呢?"多萝西绝望地问。

"我们不会飞,也不能爬下去。"稻草人说,"如果我们跳不过去,就只能停下来了。"

"我想我可以跳过去。"狮子仔细地看了看距离。

"你可以把我们驮过去,一次一个。"稻草人建议道,"我先来吧。即便掉下去,我也不会受伤。"

稻草人坐在狮子的背上,狮子腾空一跃,安全地落在了沟的另一边。狮子把他们一个个都驮了过去。大家都很高兴,于是坐下来歇了一会儿。

深沟这边的树林黑黢黢、阴森森的,他们不知道能否再看到灿烂的阳光。时不时有奇怪的声音传来,狮子低声说,卡利达就住在这个地方。它解释说:"卡利达是一种庞大的野兽,长着狗熊一样的身子、老虎一样的头。它们的爪子又长又尖,可以把我撕成两半。我特别害怕卡利达。"

"你感到害怕,我并不惊讶,它们听起来就很吓人。"多萝西补充说。

狮子正准备回答,发现又有一条大沟横在路上。这条沟又宽

又深，狮子知道自己肯定跳不过去。"如果铁皮人能把那棵大树砍倒，让它倒向另一边，"稻草人建议说，"我们就可以像过桥一样走过去了。"

"这真是个绝妙的主意，"狮子说，"简直让人怀疑你是有脑的。"

铁皮人立刻干起来。狮子用强壮的前腿顶住树，好让它向对面倒去。他们刚开始过桥，就听到一阵刺耳的咆哮声，可把他们吓了一大跳。只见两只长着狗熊身子、老虎脑袋的野兽向他们跑来，他们惊恐万分。"卡利达！"狮子喊道，接着开始颤抖起来。"快！"稻草人喊道，"赶紧过桥！"

建桥

树干十分有用，可以做成跨越沟渠的桥梁。工程师建造桥梁时，必须考虑所使用的材料和设计。

你能搭一座可以承载物体的纸桥吗？把书翻到第50页，看看不同的桥梁设计有什么不同的优势吧。

桥的设计

每次建造桥时,工程师都会面临不同的挑战。桥需要支撑物,还必须足够结实来承载负荷。

桥有6种基本的设计:

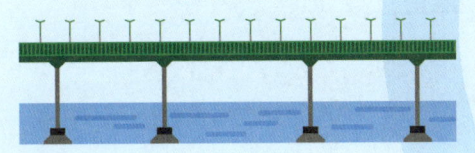

梁桥

梁桥结构简单,有一个水平梁,下面有规则的支撑物,适合跨度较小的情况。

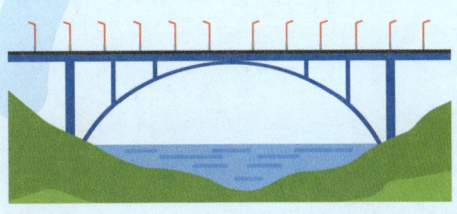

拱桥

拱桥是拱形结构的,使负荷向外分散,适合跨度较大的情况。

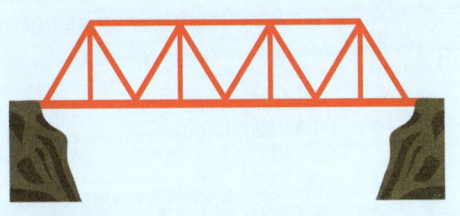

桁架桥

三角形截面的桁架桥结构坚固,适合负荷较重的情况。

悬臂桥

悬臂桥是刚性结构,适合负荷较重和地基不平的情况。

吊桥

吊桥由悬挂在吊索上的水平桥梁组成。两端的塔架支撑着重量。吊桥可以跨越很远的距离。

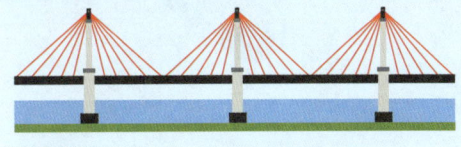

斜拉桥

斜拉桥包括由塔架和斜拉索支撑的水平桥梁。适合的跨度比悬臂桥长,但比吊桥短。

动手做一做

制作狮子拼贴画

狮子说它胆小,可它还有许多其他品质。制作一幅拼贴画,让我们看看狮子的重要特征吧。

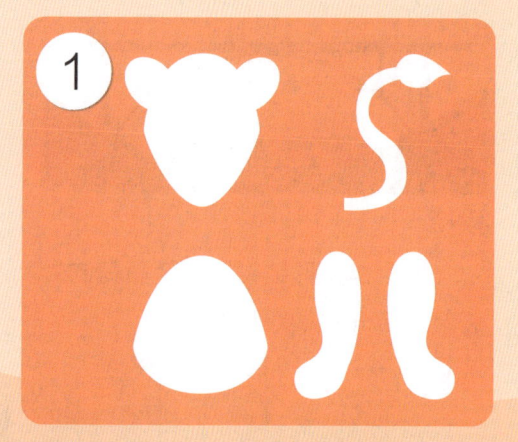

准备材料
- A4纸
- 彩纸
- 旧杂志或报纸
- 剪刀
- 胶水
- 铅笔、彩铅或钢笔

1. 按照图中的模板,在彩纸上画出狮子的身体、腿、头和尾巴,然后将它们剪下来。

2. 在狮子头上画上眼睛、鼻子和嘴。

3. 剪一些彩色纸条,大约10厘米长,作为狮子的鬃毛。把这些纸条贴在狮子头的后面。

艺术

④ 将狮子的不同部位粘在A4纸上。

⑤ 贴上一些描述狮子品质的词语作为装饰，比如"勇敢""凶猛"。你可以从杂志或报纸上剪下一些词语，直接贴在画上。

⑥ 用铅笔或钢笔添加背景（如非洲大草原），要将狮子放在明显的位置。

原理

　　狮子十分强壮，被称为"百兽之王"。狮子体内肌肉含量很高，只有少量脂肪。它们短跑时速度可达80千米/时，它们的吼叫声可以传播至8千米以外！狮子的嘴巴也很有力，牙齿长而锋利。此外，它们还有伸缩自如的长爪。

动手做一做

搭建纸桥

稻草人建议用一根结实的树干作为桥梁。他知道树干可以支撑他们的重量。你可以自己动手搭建不同的桥,看看哪种桥能够支撑更重的物体!

准备材料

- 4本同等厚度的书
- 3张纸
- 胶带
- 绳子
- 塑料杯
- 打孔机
- 硬币(同样大小)

1 将两本书分别摞在一起,放在两边,中间留一段空隙。

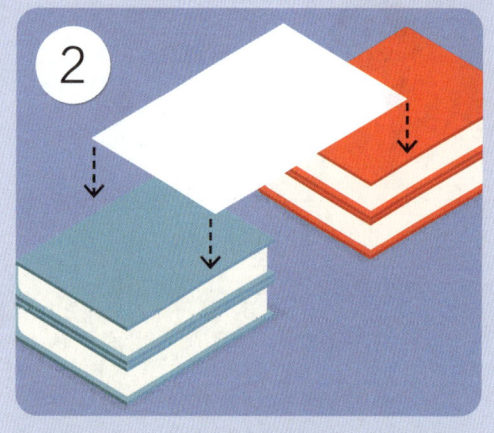

2 如图所示,将一张纸放在书上面,看看它会往下塌,还是会保持平直的状态?

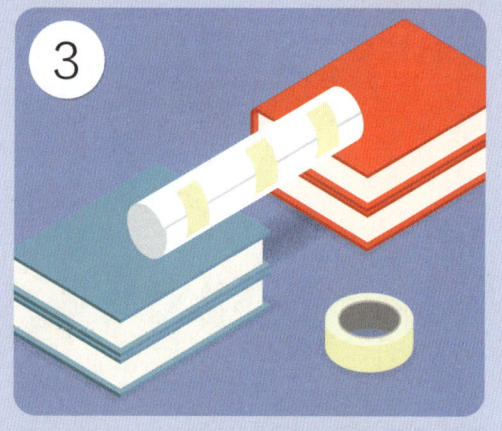

3 现在,把一张纸卷成筒状,用胶带粘牢,之后将它放在书上。这时,它会往下塌,还是会保持平直的状态?

工程

④ 现在，将一张纸沿纵向对折，然后将两边向中线对折，形成"W"状。把这种"桥"放在书上。它会往下塌，还是会保持平直的状态？

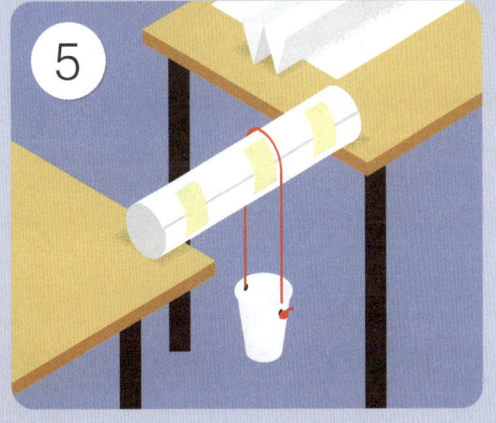

⑤ 把你做好的各种"桥"放在两张桌子之间。请大人在塑料杯上打两个孔。如图所示，用绳子将杯子固定在桥上。

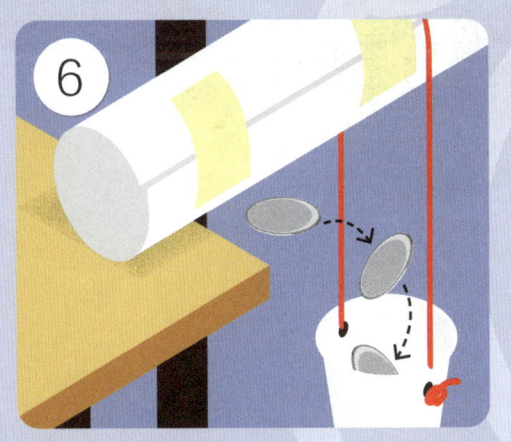

⑥ 往杯子里放硬币，一次放一个。哪种桥能承受最大的重量？把结果记录下来。

原理

一张薄薄的纸往往会往下塌。如果把纸卷成筒状，接触面积变小，厚度增加，纸筒往往会保持平直。看看周围有哪些类似的设计，比如用金属管做成的桌子腿或椅子腿？折叠成"W"状的桥可以承载更多的硬币，因为硬币的重量被分散到了更大的区域。日常生活中有哪些材料呈折叠状，为什么要使用这种设计？想想瓦楞纸板吧。

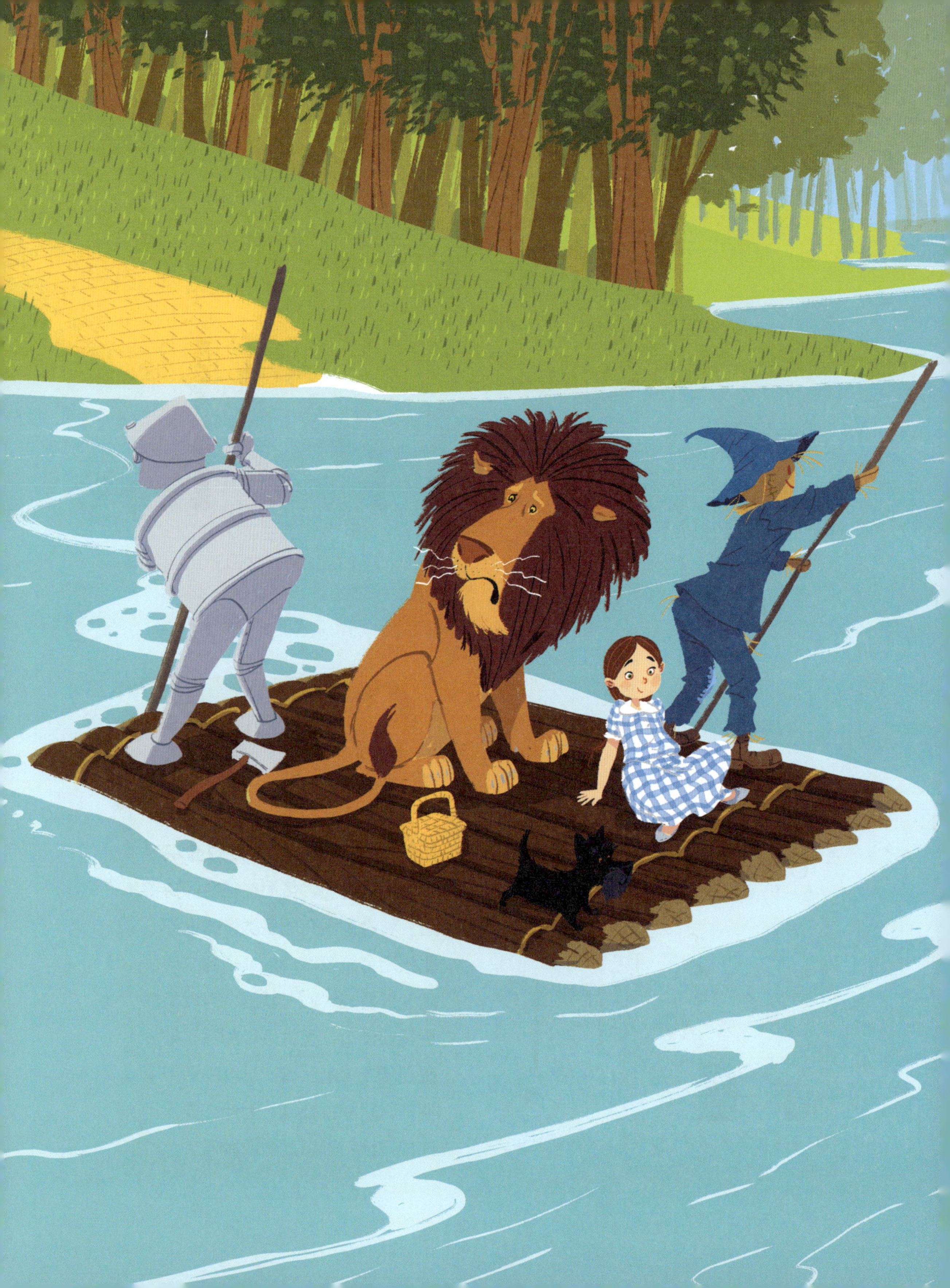

第四章 危机四伏

多萝西抱着托托率先过了桥，铁皮人和稻草人紧随其后。狮子转过身面对卡利达，发出可怕的吼叫声，多萝西吓得尖叫起来，稻草人仰面摔倒。卡利达也停下了脚步，惊讶地看着狮子。

可是，卡利达比狮子高大得多，而且它们有两只。当卡利达往前冲的时候，狮子转身对多萝西说："站在我身后，我会尽可能与它们战斗到底。"

"等等！"稻草人说，他让铁皮人把树的一端砍掉。就在卡利达快跑过来的时候，大树掉进了沟里，那两只丑陋的野兽也咆哮着一起掉了下去。

"谢天谢地。"狮子大大地松了口气。

多萝西一行人希望尽快离开树林，所以加快了脚步。多萝西很快就累了，她骑在狮子的背上。令他们高兴的是，树木越来越稀疏了。下午，一条宽阔的河拦住了他们的去路。他们可以看到对岸的黄砖路向远方延伸。

"我们怎么过河呢？"多萝西问。

"铁皮人得做个木筏。"稻草人回答。

铁皮人砍木头的时候，稻草人从附近的树上摘了些水果。多萝西一整天除了坚果什么都没吃，她因这顿水果大餐而非常感激。做木筏需要一定的时间，当夜幕降临时，他们在树下安顿下来。多萝西梦见了绿宝石城，梦见了奥兹，奥兹很快就要把她送回家了。

第二天早上，木筏做好了。多萝西和托托坐在中间，稻草人和铁皮人用长长的杆子推着木筏在水里行进。

他们一开始划得很顺利，但到河中央时，一股急流将木筏冲向下游。水越来越深，长杆无法触及河底。

"糟糕，"铁皮人说，"如果到不了对岸，我们就会被河水带到邪恶的西方女巫掌管的地方。"

稻草人使劲推了一下手里的长杆，把它牢牢地扎在河床上。可他还没来得及把杆子拉出来或是松开手，木筏就被冲走了，可怜的稻草人只能紧紧地抱着杆子。

"现在我的处境比刚遇到多萝西时更糟了。"稻草人心想，"恐怕我永远也得不到脑了！"

漂流

铁皮人做了一个木筏，好让大家渡河。木板很重，但如果以正确的方式组合在一起，它们就会漂浮起来。

你能做一个漂浮的木筏吗？把书翻到第64页，自己动手做一个木筏吧。

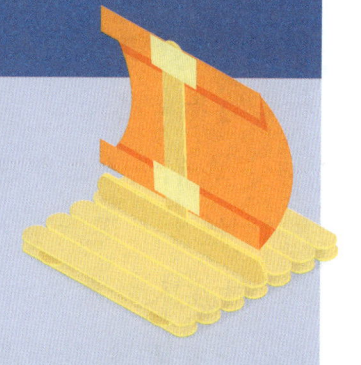

知识园地

水流

水流是指水在水道中的流动。

不管是游泳还是航行，逆流而行都是十分困难的。在河流中，水在重力的牵引下会向下流。一条河的水流取决于水量、河床陡峭程度、河床上的阻碍因素（比如岩石或盆地）。在一条笔直的河流中，中间水流的速度要比边缘的快。在一条蜿蜒的河流中，弯道外侧水流的速度最快，弯道内侧水流的速度最慢。

弯道外侧
水流最快
弯道内侧
弯道内侧
弯道外侧
水流最快
弯道外侧
水流最快
弯道内侧

其他人向下游漂去。"我想，我可以往岸边游，把木筏拖在身后，只要你们紧紧抓住我的尾巴尖。"狮子说。

它跳入水中，用尽全力向岸边游去。这可不是一件容易的事，但他们仍慢慢地摆脱了湍急的水流。多萝西用铁皮人的长杆把木筏推上了岸。

上岸后，他们都累得不行了，躺在柔软的草地上休息。水流把他们带到了离黄砖路很远的地方。"我们必须沿着河岸走，再回到那条路上。"狮子说。

一路上，他们穿过了花丛和果树林，要不是为稻草人感到难过，他们会因沐浴在阳光下而十分高兴。没过多久，他们就看到了稻草人，他还在河中央的杆子上，看起来无比孤独。

"我们怎么救他呢？"多萝西问。

狮子和铁皮人悲伤地摇了摇头，难过地望着稻草人。这时，一只鹳飞了过来，停在水边。"你们是谁，这是要去哪里？"鹳问。

"我是多萝西，他们是我的朋友。我们要去绿宝石城，但我们把稻草人弄丢了，我们正发愁怎么把他救回来呢。"多萝西指了指稻草人的位置。

"如果他不是很沉的话，我可以把他救回来。"鹳说。

"他一点儿都不沉！"多萝西急切地说，"他是用稻草做的，如果你能把他救回来，我们会感激不尽的。"

"那我试试吧，"鹳说，"可如果他太沉的话，我就只能把他丢下了。"

鹳飞起来，用它的大爪子抓住了稻草人的胳膊，把

057

知识园地

漂浮

很难想象，一艘巨大的轮船竟然能漂浮在大海上。这么重的船怎么能停留在水面上呢？

其中的秘密就在于浮力。当一个物体的重力小于或等于它排开的水的重量时，物体就会浮起来。这就是一块小石头会沉到海底，而一艘又大又重的轮船会浮在海面上的原因。不同的物体在水里漂浮时，其没入水中的高度各不相同。当一个物体被放入水中时，随着越沉越深，水向上的浮力会增加，直到与物体的重力达到平衡。

重力

浮力

他带回了岸边。稻草人很高兴又能和朋友们在一起了，他挨个拥抱了所有人。

"我真担心自己会永远待在河上。"他说，"谢谢你，鹳。"

"不用谢，"鹳说，"我一向喜欢帮助有困难的人。可我现在得走了，希望你们能找到绿宝石城，希望奥兹会帮助你们。"

多萝西他们又上路了，路上的景色十分美丽。他们时不时会碰到一大簇鲜红色的罂粟花（注：罂粟是毒品海洛因的主要来源，不可随意种植），多萝西觉得眼花缭乱。她说："它们真漂亮啊！"多萝西一边说，一边嗅着花朵的浓郁芬芳。很快，他们来到了一大片罂粟花的中央。花的香味太浓烈了，多萝西特别想躺下来睡一觉。过了不多会儿，她就觉得自己睁不开眼睛了，于是倒在花海中睡着了。

"我们怎么办呢？"铁皮人问。

"如果把她留在这儿，她会死的。"狮子说，"花的香味会要了咱们的命。我现在也有点儿睁不开眼睛了，托托已经睡着了。"

漂亮的花海

多萝西一行人走到了花海中。花看起来漂亮极了，但散发着一种强烈的香味。

你能动手做一些花来装饰房间吗？把书翻到第66页，看看怎么做吧。

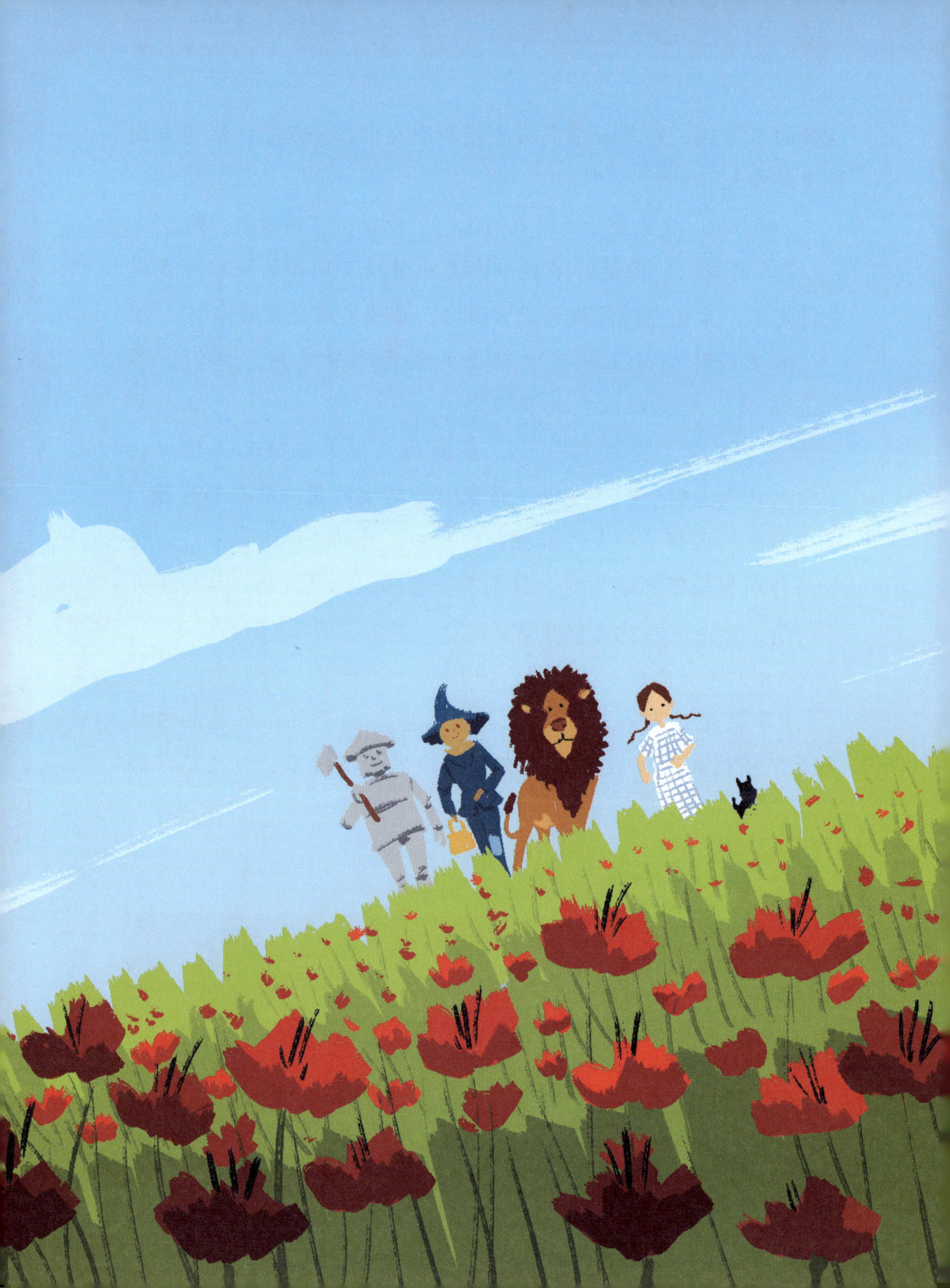

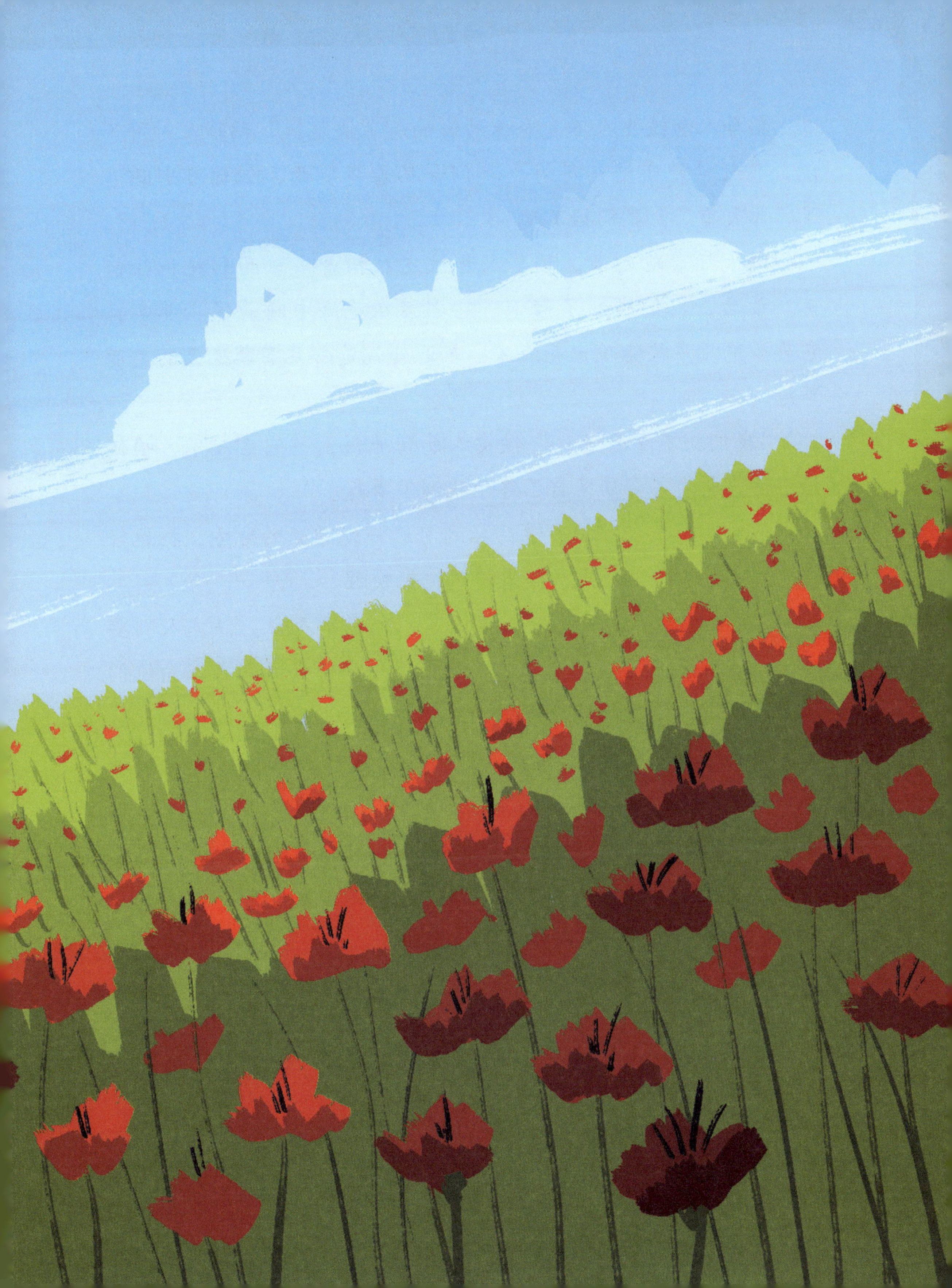

稻草人和铁皮人不受香味的影响。"快跑，"稻草人对狮子说，"赶紧跑出这片花海。我们会抬着多萝西，但你可别睡着了，你太重了，我们抬不动。"

狮子赶紧跑起来，稻草人和铁皮人抬着多萝西和托托往前走。最后，他们碰到了狮子，它已经在花海中睡着了。其实，它再多跑几步就能跑出花海了，不远处就是一片碧草连天的美丽草地。

"我们救不了它了，"铁皮人悲伤地说，"它太沉了，咱俩抬不动。也许它会梦见自己终于找到了勇气。"

稻草人和铁皮人把多萝西抬到河边一处漂亮的地方，把她轻轻地放在柔软的草地上，等着清风把她唤醒。

"我们现在离黄砖路应该不远了。"稻草人说。铁皮人刚要接话，一声低沉的吼叫传来，草地上有一只奇怪的野兽在向他们奔来。那是一只黄色的大野猫，它正在追赶一只灰色的小田鼠。虽然铁皮人没有心，但他觉得野猫杀死这样一只小动物是不对的。于是，铁皮人挺身而出，救了小田鼠。

"哦，谢谢你救了我的命！"小老鼠用尖细的声音说，"你救了我，真是做了一件了不起的事。我可是田鼠女王。"这时，几只田鼠倒腾着小短腿以最快的速度跑了过来。

"这个铁皮人是我的救命恩人，"女王解释说，"你们必须服从他，满足他的每一个愿望。"

"我们能做些什么来报答你的恩情呢？"其中一只最大的田鼠问道。稻草人回答道："哦，有的！你们可以去救我们的朋友狮子，它在花海中睡着了。"

"一头狮子！"田鼠女王吓得大喊道。

"别担心，它是个胆小鬼。只要是我们的朋友，它就不会伤害他们。如果你们救了它，我保证它会友好地对待你们。"

稻草人问田鼠们能否把所有的朋友都召集起来，每人带一根长长的绳子。他让铁皮人用木头做了一辆拖车来搬运狮子。成千上万的田鼠从四面八方涌来，稻草人和铁皮人把它们和拖车拴在一起，这样它们就能同时使劲拉动拖车了。它们费了九牛二虎之力，终于把狮子弄上了拖车，把它拉出了花海。

这时，多萝西已经醒来。她真诚地感谢田鼠救了她的朋友。离开时，田鼠女王说："如果你们还需要我们，就吹响这个哨子。我们听到声音，就会前来帮忙。再见！"

田鼠们走后，多萝西和她的朋友们如释重负地坐下来。他们在附近摘了一些水果，饱餐了一顿，同时等狮子醒来。

动手做一做

制作木筏

铁皮人做了一个木筏来渡河。试着自己动手做个木筏,看看它能否在水上漂起来吧。

准备材料

- 19根雪糕棒
- 胶水
- 胶带
- A5纸
- 剪刀

1 将7根雪糕棒并排放置。如图所示,将另外两根雪糕棒垂直粘在上方。

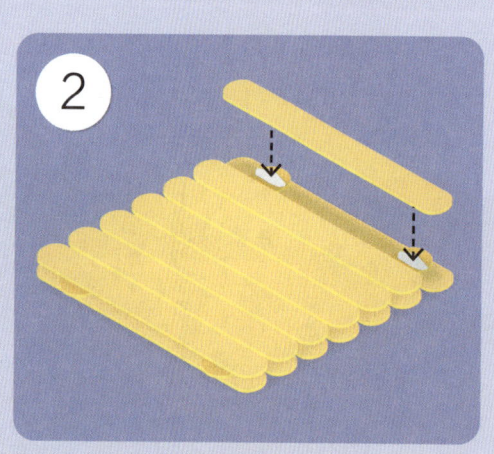

2 在上面再并排粘上7根雪糕棒(与第1步中的7根雪糕棒同向),这样木筏会更加结实。

3 如图所示,将剩下的3根雪糕棒粘成"T"形,作为桅杆。

工程

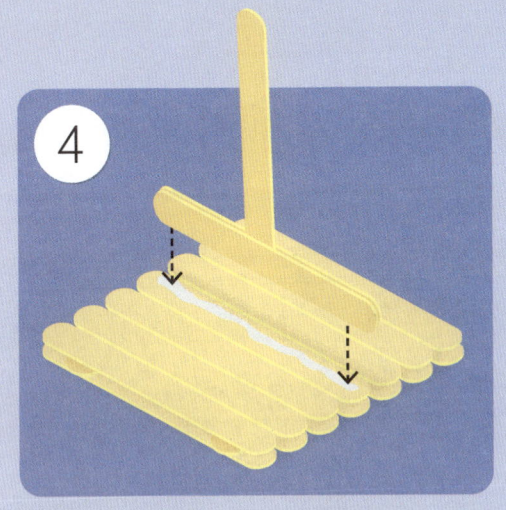

4 把桅杆粘在木筏上,"T"的顶部朝下。

5 剪下一小块正方形纸作为帆。如图所示,将两端折一下,用胶水或胶带粘在桅杆上。

6 在浴缸、碗或水槽中测试木筏,看看它的漂浮效果如何。朝着帆吹气,看看会发生什么。

原理

当你把木筏放入水中时,有两个力作用在它的身上。一个是木筏本身向下的重力,一个是水向上的浮力。木筏的表面积很大,这意味着木筏的重力小于(或等于)它所排开的水的重量,因此它可以漂浮起来。帆是用来捕获风从而推动木筏的。

动手做一做

制作装饰花

多萝西一行人走到了一片花海中。自己动手做一些花来装饰房间吧。

准备材料
- 薄红纸
- 铅笔
- 剪刀
- 木扦子
- 胶水
- 黑纸
- 绿色A4卡纸

1 按照图中的模板，在红纸上画出5瓣和3瓣的花朵，并剪下来，可以多剪一些备用。

2 将花瓣卷在木扦子上，使其呈现出卷曲的形状。

3 在5瓣花朵的中央涂上一点胶水，在上面错开花瓣的位置粘上另外一个5瓣花朵。

艺术

④ 再在上面错开花瓣的位置粘上一个3瓣花朵。

⑤ 从黑纸上剪一个小圆圈,粘在花的中间,作为花蕊。

⑥ 重复上述过程,你想做多少多朵花都可以。把它们粘在绿色卡纸上,一片花海就做好了。

原理

罂粟花的一大特色就是色彩艳丽。有些罂粟花可长到1米高,花的直径可达15厘米。罂粟花经常出现在荒废的战场上,在西方用来纪念阵亡士兵。罂粟花的香味具有致幻作用。罂粟是毒品海洛因的主要来源,不可随意种植。

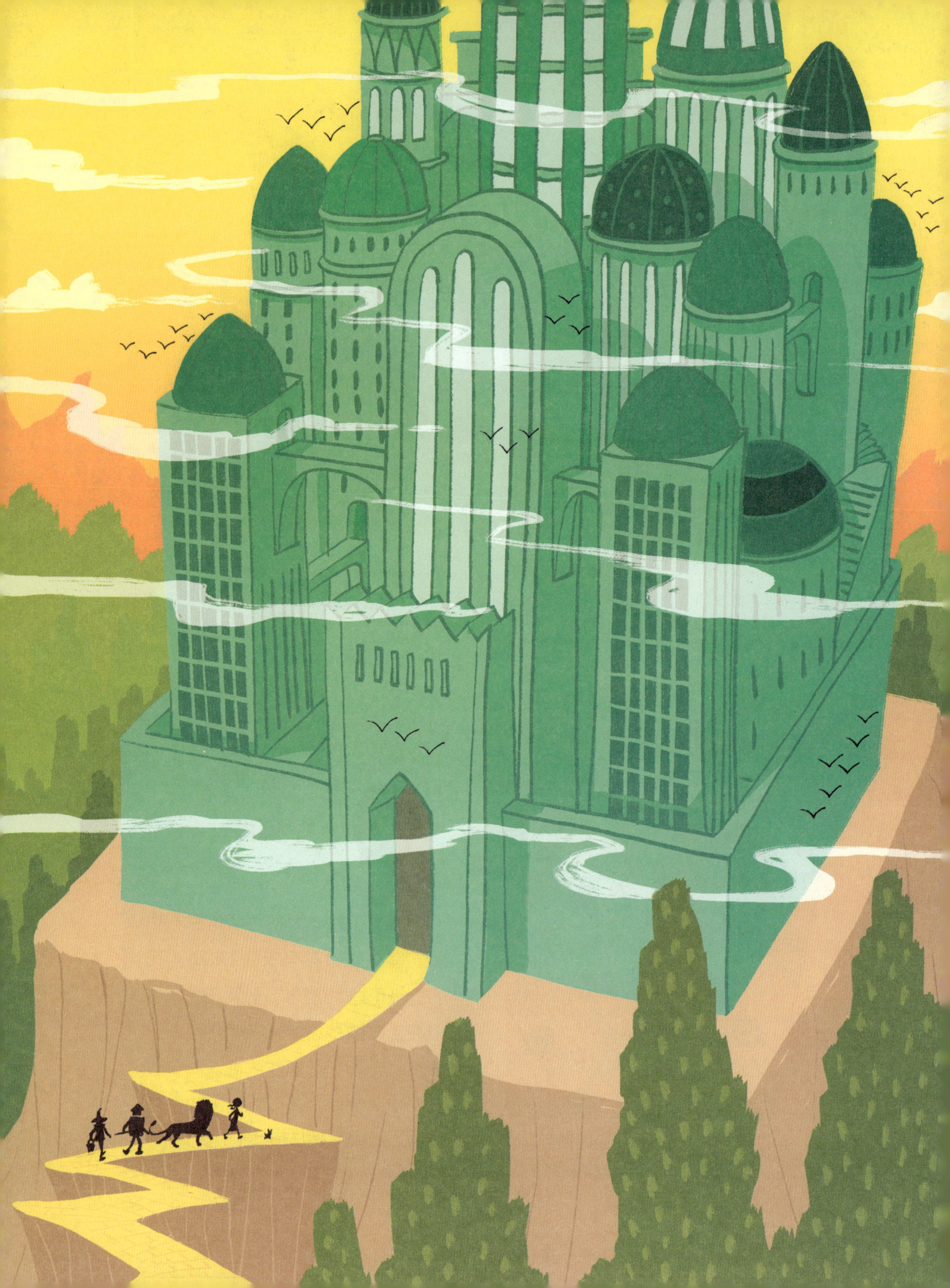

第五章　拜见魔法师奥兹

狮子醒来的时候，发现自己还活着，说不出有多感激。多萝西他们给它讲了田鼠是怎么救它的。之后大家就出发去寻找黄砖路了。现在的道路很平坦，砖铺得整整齐齐，两边有绿色的栅栏和绿色的房子。人们也都穿着绿色的衣服，戴着像芒奇金人那样的帽子。"我们肯定到奥兹国了！"多萝西说。

他们在一户人家门口停了下来，多萝西大胆地敲了敲门。一个妇人应声说道："孩子，你有什么事？那只狮子为什么和你在一起？"

"我们想找个过夜的地方。"多萝西回答，"狮子是我的朋友，它不会伤害你。"

"这样的话，你们就进来吧。"妇人说。

他们解释了为什么要去绿宝石城。"我相信奥兹肯定可以解决所有这些问题。"妇人的丈夫说，"但最难的是怎么见到他。我去过绿宝石城很多次了，那是一个美丽的地方，但我不知道有哪个人见过奥兹。他整天坐在王宫的正殿里，连他的仆人都没见过他。"

"他长什么样呢？"多萝西问。

"奥兹是个伟大的魔法师，他想变成什么样，就变成什么样，"妇人的丈夫若有所思地说，"他会以仙女、小猫或是他喜欢的任何形式出现，但真正的奥兹长什么样，没有人知道。"

"这真是太奇怪了，"多萝西说，"不过，我们必须想办法见到他，要不然，我们这一趟就白来了。"

第二天一早，他们就出发了。他们可以看到远处有美丽的绿色光芒。"那一定是绿宝石城！"多萝西惊呼道。最后，他们走到了路的尽头，城墙上有一扇大门。多萝西按了一下门铃，门开了，露出了一个穿着一身绿衣服的小个子男人。"你们来绿宝石城干什么？"他问。

"我们来拜见伟大的奥兹。"多萝西解释说。那个人非常惊讶。"已经有很多年没人来求见奥兹了，"他摇了摇头说，"他很强大，很可怕。如果你们心术不正，他会很生气。我是守门人，我可以带你们去王宫，但你们必须先戴上眼镜，这样你们的眼睛才不会被城市耀眼的亮光照瞎。"

✋ 不同的视角

多萝西和她的朋友们分别得到了一副眼镜来保护眼睛。透过这副眼镜看过去，一切都变成了绿色。

你能做一副3D眼镜来改变自己看到的东西吗？把书翻到第80页，试试吧。

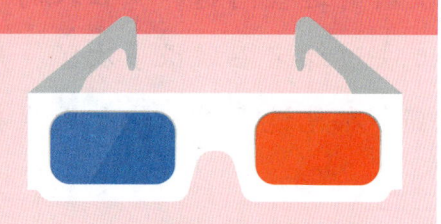

知识园地

滤光片

滤光片由透明的材料做成，它会让某些颜色通过，同时把某些颜色滤掉。比如，绿色滤光片会让绿光通过，把其他颜色滤掉。

滤光片在我们的生活中应用十分广泛。以交通灯为例，它通过滤光片告诉我们什么时候需要停车（红灯），什么时候可以行驶（绿灯）。彩色灯泡可以改变房间的气氛。剧院的灯光可以营造不同的氛围和效果。就摄影而言，滤光片可用于增强某些颜色，也可用于减少眩光和反光。

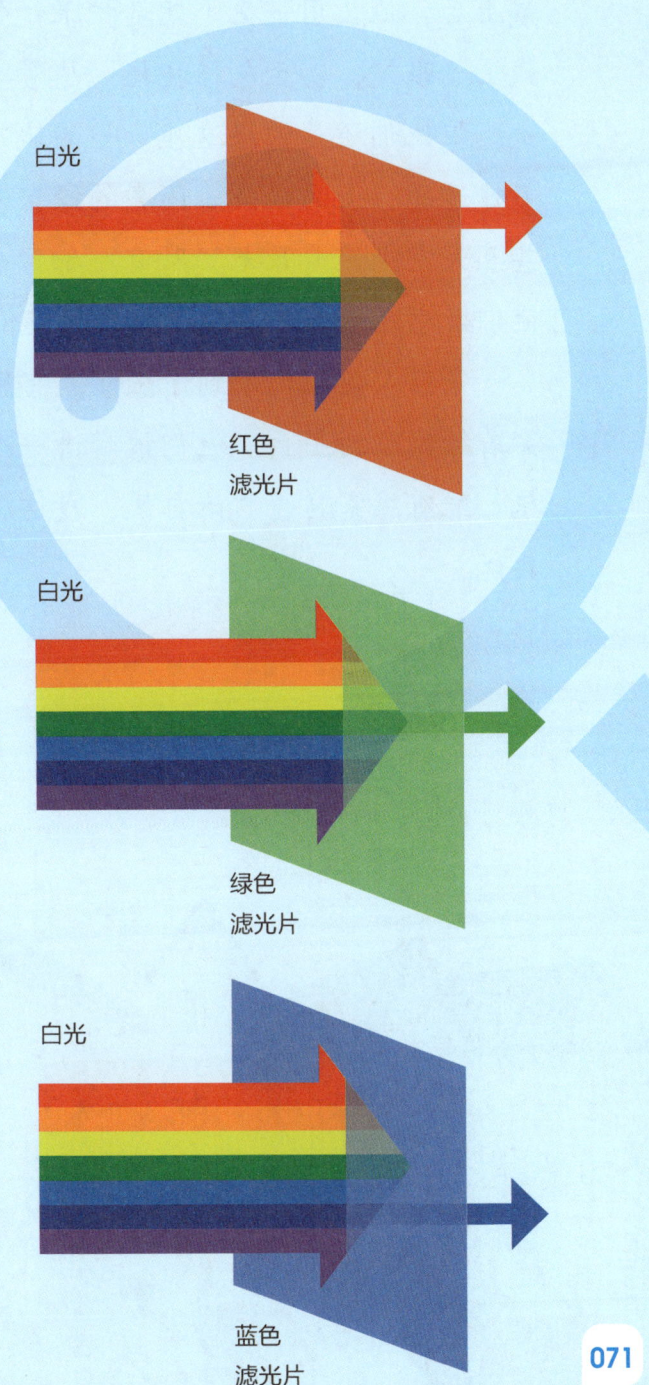

白光　红色滤光片

白光　绿色滤光片

白光　蓝色滤光片

守门人打开了一个大箱子，给多萝西找了一副眼镜，多萝西戴上后，他又用一把小钥匙把眼镜锁上。接下来，他给其他人也戴上了眼镜，甚至包括托托。尽管多萝西和她的朋友们戴上了眼镜，但他们还是觉得这座奇妙的城市很耀眼。房子是由绿色大理石建造的，上面镶嵌着闪亮的绿宝石。窗户是由绿玻璃制成的，甚至天空也泛着绿光。所有人都穿着绿衣服，皮肤也微微发绿。他们疑惑地看着多萝西和她的朋友们，没有一个人和他们说话。

　　守门人把他们带到了王宫。宫殿门口站着一个长着绿胡须、穿着绿制服的士兵。他们被带进一个很大的房间，里面铺着绿地毯，配有绿家具。"请自便，我这就去告诉奥兹你们到了。"士兵说。

知识园地

视错觉

视错觉其实是脑在欺骗我们。视错觉可以使我们看到并不真正存在的东西，或是改变图像的模样。因为视错觉，我们以为某些图像在动，但实际上它们是静止的。

当我们的眼睛向脑发送信号，而脑欺骗我们时，视错觉就会出现。科学家认为，之所以出现视错觉，是因为我们的脑非常善于识别周围熟悉的物体。脑在辨认我们看到的东西时速度极快，但有时也会出错。

看一看下面这些图片，你看到了什么？问问你的朋友，他们看到的东西是否和你看到的一样？

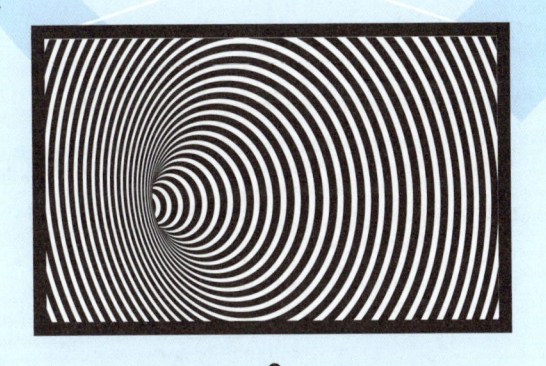

过了很长时间，士兵回来了。"他最开始说我应该把你们送走，后来他问我你长什么样。当我提到银鞋子和你额头上的印记时，他决定见见你。不过，你们必须单独见他，而且每天只能去一个。所以你们得在这儿待上几天了。我带你们去各自的房间，你们可以在那里好好休息。"士兵吹响了一个绿哨子，一个年轻的女孩把多萝西带到了她的房间。

房间里有一张舒适的床，上面铺着绿色的真丝床单，衣柜里挂满了绿色的衣服。"就像在自己家一样，"女孩说，"如果有什么需要，就按铃叫我。奥兹明天会派人来接你。"女孩留下多萝西一个人，带其他人去他们的房间了。

第二天早上，女孩给多萝西穿上了一件漂亮的绿缎子长裙。正殿是个圆形的大屋子，高高的屋顶是拱形的，墙壁、天花板和地板上都铺满了大块的绿宝石。屋顶中央有一盏巨大的灯，像太阳一样明亮，照得绿宝石闪闪发光。房子中间有一个绿色的大理石宝座，上面是一个没有身体支撑的巨大的脑袋。这个脑袋有嘴

光之幻影

魔法师奥兹总以不同的方式出现在人们面前，没有任何两个人看到过同样的奥兹。

你能画一幅让人产生错觉的画吗？把书翻到第82页，测试一下你的技术吧。

巴、鼻子和眼睛，但没有头发。

多萝西盯着大脑袋，既惊奇又害怕。这时，脑袋上的那双眼睛锐利地看着她，接着嘴巴也动了动。"我是奥兹，伟大而可怕的奥兹。你是谁？为什么找我？"

"我是多萝西，我是来寻求你的帮助的。"她鼓起勇气答道。

那双眼睛若有所思地看着她，片刻后问道："你的银鞋子和额头上的印记是哪里来的？"

"鞋子是从邪恶的东方女巫那里得到的，我的房子正好砸在她的身上，把她杀死了。"多萝西说，"善良的北方女巫让我来找你，她吻了我的额头，留下了这个印记。"

奥兹看得出来她说的是实话。"你希望我做什么呢？"他问。

"把我送回堪萨斯。"多萝西恳切地说，"你的国家很漂亮，可我离开家这么长时间了，艾姆婶婶肯定担心死了。"

"好吧，"那颗大脑袋说，"如果你想让我满足你的愿望，你就必须杀死邪恶的西方女巫。"

"可我做不到啊！"多萝西吃惊地喊道，"我从来没有想过要杀死谁。"她抽泣着继续说："还有，你这么强大，如果你都杀不死她，我怎么能做到呢？"

"我不知道，"大脑袋说，"但这就是我的回答，除非邪恶的西方女巫被杀死，否则你是不会再见到你的叔叔婶婶的。在完成这项任务之前，不要再来见我了。"

多萝西把这个可怕的消息告诉了她的朋友们，然后跑回自己的房间，哭着哭着睡着了。

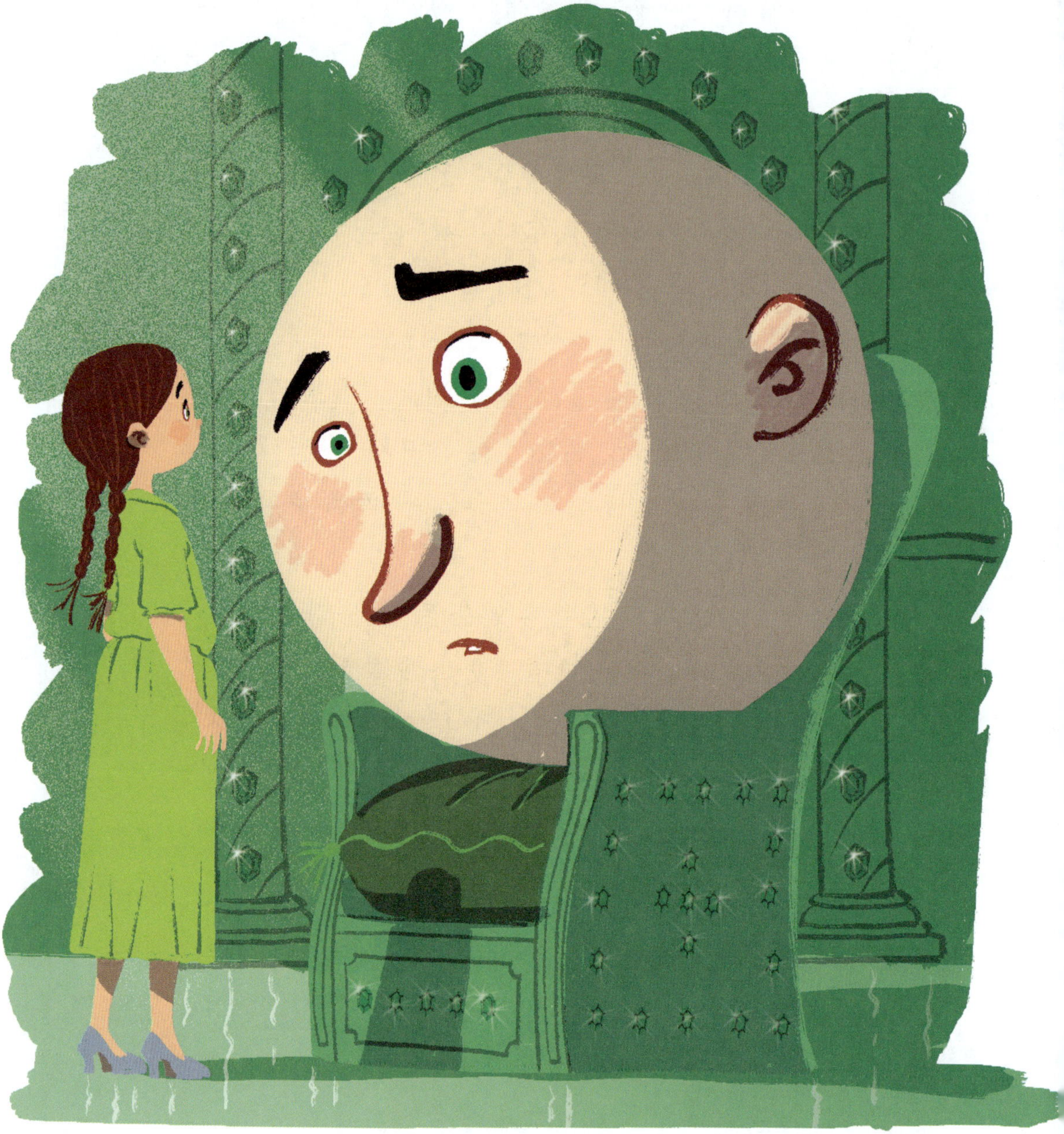

第二天早上，受到召见的是稻草人。他看到坐在宝座上的是一位可爱的女士，她穿着真丝衣服，戴着镶满珠宝的王冠，一对翅膀在微风中拍动。她亲切地看着稻草人说："我是奥兹，伟大而可怕的奥兹。你是谁？为什么找我？"

"我只是个稻草人，身体里塞满了稻草，"他勇敢地说，"我想像其他人一样，拥有一些脑。"

"如果你杀了邪恶的西方女巫，我会给你很多脑，让你成为这片土地上最聪明的人。"那位女士继续说道。

"你不是让多萝西去杀西方女巫吗？"稻草人说。

"我不管是谁杀的，但只有她死了，我才会满足你的愿望。现在，你可以走了。"

稻草人伤心地回到朋友们身边，把奥兹说的话讲给他们听。

第三天早上，铁皮人受到了召见。他看到坐在宝座上的是一只可怕的野兽。它差不多有大象那么大，浑身长毛，长着犀牛一样的头，不过上面有五只眼睛。它还长了五只胳膊和五条细长的腿。

"我是奥兹，伟大而可怕的奥兹。"那只野兽说，"你是谁？为什么找我？"

"我是一个用铁皮做成的伐木工，"他回答，"我没有心，无法爱别人。我请求你给我一颗心，这样我就能像其他人一样了。"

"如果你渴望有一颗心，那么你必须自己去争取。"奥兹粗声粗气地说，"帮多萝西杀了邪恶的西方女巫，我就会给你一颗充满爱的心。"

铁皮人伤心地回到朋友们身边,把一切都讲给了他们听。

第四天早上,轮到狮子被召见了。它发现宝座前有一个火球,熊熊的火焰发出耀眼的光芒,狮子没办法盯着它看。一个低沉平静的声音从火球中传来:"我是奥兹,伟大而可怕的奥兹。你是谁?为什么找我?"

"我是一只胆小的狮子,什么东西都害怕。"它回答,"我

请求你给我勇气,这样我就能成为真正的百兽之王了。"

火球烧得很旺,接着传来声音说:"带来西方女巫已死的证据,我就给你勇气。但只要西方女巫还活着,你就只能继续当胆小鬼。"

狮子很生气,但说不出什么话来。他把这个令人失望的消息告诉了朋友们。

动手做一做

制作3D眼镜

多萝西戴着一副绿眼镜,绿宝石城的一切在她眼里都是绿色的!自己动手做一副3D眼镜,改变一下所看到的事物吧。

准备材料

- 白色卡纸
- 剪刀
- 胶带
- 透明塑料
- 红色和蓝色记号笔

1. 按照图中的模板,在白色卡纸上画出眼镜的基本组成部分,并剪下来。

2. 用红色和蓝色记号笔在透明塑料上画两个长方形,涂上颜色,作为镜片。

3. 把蓝色和红色的镜片剪下来,用胶带粘在眼镜的背面。左眼用红色镜片,右眼用蓝色镜片。

科学

4 把镜架粘到眼镜上。

5 最后,将眼镜的上半部分折下来,用胶带粘住,这样眼镜会更加牢固。

6 现在,戴上眼镜看看这张3D图片。你看到了什么?

原理

你做好的3D眼镜由红色和蓝色镜片组成。当你看3D图片时,它们会过滤你所看到的分层图像。红色镜片只让红光通过,而蓝色镜片只让蓝光通过。这样一来,你会看到一个三维图像。三维图像通常是从两个不同的角度拍摄的,或者是两张图片叠加产生的结果。

动手做一做

画一幅让人产生错觉的图

魔法师奥兹分别以不同的方式出现在多萝西和她的朋友们面前。你能画一幅让人产生错觉的图，测试一下自己会看到什么吗？让你的朋友们也试一试，看看他们看到了什么。

准备材料

- 纸
- 铅笔
- 细头和粗头签字笔
- 尺寸

1 如图所示，在纸上画一个正方形。

2 如图所示，画出正方形的一条对角线，然后在里面画两条边框，构建一个小正方形。

3 继续添加边框，构建一系列小正方形（逐渐缩小）。

艺术

4 如图所示，分别用细头签字笔和粗头签字笔描边。

5 现在开始上色，隔一块，上一块。如图所示，用铅笔画上阴影，注意递进的效果，最小的方块是最暗的。

6 看看你的杰作吧。你看到的是一张平整的纸，还是一个洞？把你画的图给朋友们看看，问问他们看到了什么？

原理

光线被物体遮挡时，会形成阴影。如果你在图上添加一些阴影，就会给人一种3D的感觉。在你所画的图中，阴影会给人一种向下延伸的感觉。最暗的那处阴影位于"洞"的最深处。